사랑하는 _____에게 보내는

엄마의 편지

흔들리지 말고
마음가는 대로

Va' dove ti porta il cuore (Follow Your Heart)

Copyright ⓒ 1994 Susanna Tamaro
Korean Translation Copyright ⓒ 2018 by Taeil&Sodam Publishing Co., ltd.
Korean edition is published by arrangement with Vicki Satlow Literary Agency
through Duran Kim Agency, Seoul.

흔들리지 말고 마음 가는 대로

펴 낸 날 | 2018년 11월 20일 초판 1쇄
         2018년 12월 10일 초판 2쇄

지 은 이 | 수산나 타마로
옮 긴 이 | 최정화
펴 낸 이 | 이태권

책임편집 | 양정희
책임미술 | 양보은
펴 낸 곳 | (주)태일소담
         서울특별시 성북구 성북로8길 29 (우)02834
         전화 | 02-745-8566~7   팩스 | 02-747-3238
         등록번호 | 1979년 11월 14일 제2-42호
         e-mail | sodambooks@naver.com
         홈페이지 | www.dreamsodam.co.kr

ISBN   979-11-6027-149-2 03880

이 도서의 국립중앙도서관 출판시도서목록(CIP)은 서지정보유통지원시스템 홈페이지
(http://seoji.nl.go.kr)와 국가자료공동목록시스템(http://www.nl.go.kr/kolisnet)에서
이용하실 수 있습니다.(CIP제어번호: CIP2018034862)

Follow
Your
Heart

흔들리지 말고
마음가는 대로

수산나 타마로 지음
최정화 옮김

소담출판사

우리 시대가 잃어버린

가장 소중한 유실물을 찾아서

『흔들리지 말고 마음 가는 대로』가 세계적인 성공을 거두는 동안 많은 것이 변화했다. 그 변화 중 많은 부분은 사람과 사람 사이의 의사소통 방법과 관련되어 있다.

그 시절 나는 매달 이탈리아는 물론 세계 각지에서 날아온 백여 통의 편지를 받았다. 그 편지들은 깊은 생각과 풍부한 감정을 담고 있었으며, 편지를 보낸 사람들은 자신의 주변에서 일어나는 일들을 이해하고 그것을 화제로 삼았다. 물론 이제는 존재조차 하지 않는 일들이겠지만…….

요즘은 익명으로 날아온 간략한 이메일이 그 자리를 대신했다. 이제는 편지를 쓴 사람의 감정을 헤아릴 수 있는 손 글씨 대신 딱딱한 컴퓨터 활자가 가슴을 답답하게 할 뿐이다. 내용 또한 나의 소설에 대한 특별한 관심이나, 깊은 대화를 하고 싶은 특별한 이유나 흔적을 찾아볼 수 없다. 이런 간소화되고 표피적인 의사소통 방법이야말로 우리의 내면을 빈곤하게 하고 인간적인 성장을 더디게 하는 것 같다.

인간은 두 가지 방법으로 성장한다. 첫 번째 방법은 침묵 속의 자기 성찰을 통해 발전하는 것이고, 두 번째 방법은 경험을 통해, 말하자면 다른 사람들과의 관계를 통해 성장하는 것이다. 그렇게 볼 때 오늘날의 의사소통 방법은 심각하게 인간존재를 위협한다.

우리들의 인간관계의 대부분은 가식적이고, 자신을 타인과 비교하는 것에만 몰두하고 있다. 우리의 귀를 멀게 하는 끊임없는 소음은 침묵을 삼켜버렸고 침묵 속에서도 스스로에게 무언가를 묻고, 자아 성찰을 심화하는 가능성을 말살시켰다.

이 책은 이렇게 한없이 가볍고 표피적으로만 변해가는 시대의 흐름을 거부하고 가족 관계의 심오함과 추억의 중요성을 이야기한다. 이 책을 읽는 사람들은 모두 자신의 가족을 떠올렸고 그들에 대한 자신의 솔직한 감정에 깊은 동질감을 느꼈다. 몇 년 동안 나는 '이 책 덕분에 과거에는 어렴풋하기만 하던 감정의 정체를 분명히 이해하게 되었고, 이제껏 똑바로 보지 못했던 자신의 모습을 냉정하게 바라볼 용기를 얻게 되었다'는 편지를 받았다.

이 책은 불안하고 혼란스럽던 그 시절의 절망과 외로움, 고독, 세대 간의 의사소통의 어려움 등을 아름답게 그려냈다는 평가를 받았다.

요즘도 절망과 외로움은 홍수를 이루고 있기는 하다. 하지만 현시대의 절망은 말초적인 컴퓨터게임이나 즉흥적인 감각의 바다 속에 매몰되어버렸다. 컴퓨터와 게임은 우리 삶 전체의 매 순간을 침범한다. 가족 관계 역시 엄청나게 바뀌었다. 이제 가정은 아침과 저녁식사, 깨끗한 이부자리를 뜻하는 말이 되었고, 부모 혹은 가족은 휴대폰 이용료나 그 밖에 약간의 편리함을 제공해주는 사람이 되어버렸다. 이 책에 그려진 것처럼 할머니와 손녀, 엄마와 딸의 깊은 관계나 따뜻한 보금자리로써의 가족은 사라져버렸다.

나는 이러한 변화가 얼마나 많이 진행되었는지 알고 싶다. 우리가 돌이킬 수 없을 만큼 아주 심각하게 변해버린 건 아닐까? 그렇다 해도 이제껏 드러난 빈곤하고 결핍된 삶에 눈을 뜨기만 한다면 그에 대해 어떤 질문이나 책임을 지지 않아도 될까? 마치 술에 취했을 때처럼 시간이 지나면 모든 것이 제자리로 되돌아올 수 있을까?

수천 년 동안 문학은 영혼에 대해 이야기해왔다. 하지만 영혼은 우리의 마음과 함께 우리 시대가 잃어버린 가장 소중한 유실물이다. 이 책에 그려진 마음은 피부로 쉽게 느낄 수 있는 감정이나 머리에 충격을 받은 듯한 감동이 아니다. 내가 말한 마음은 '모든 삶이 독자적인 모험이며 살아야 할 가치가 있는 순간들'임을 깨닫게 해주는 우리들 안의 가장 깊고 소중한 부분이다.

수산나 타마로

| 차례 |

4   우리 시대가 잃어버린 가장 소중한 유실물을 찾아서

13   첫 번째 편지   1992년 11월 16일 오피치나에서

나는 지금 부엌에 앉아 네가 쓰던 낡은 연습장을 펼쳤단다.
유언장을 쓰는 거냐고? 그건 아니야.
내가 필요할 때마다 네가 꺼내 볼 수 있는,
몇 년이 지나도 네 곁에 머물 수 있는 그런 글을 쓰려 한단다.

33   두 번째 편지   11월 18일

난 시간은 낭비해도 상관없다고,
인생은 달리기 경주가 아니라 활쏘기 게임 같은 거라고 대답해주었지.
중요한 건 시간을 절약할 수 있느냐가 아니라
과녁의 중앙을 맞힐 수 있느냐 하는 것이라고.

47   세 번째 편지   11월 20일

성모마리아 승천 축일날 밤.
바다 위로 쏘아 올리는 불꽃놀이를 보러 갔던 일 생각나니?
내가 아는 많은 여자들의 삶을 생각할 때
떠오르는 이미지가 바로 그런 거란다.
하늘 높이 올라가지도 못하고 낮은 데서 칙 하며 꺼져버리는 불꽃.

71   네 번째 편지   11월 21일

갈림길에 선다는 건 다른 수많은 사람들의 인생과
맞부딪히게 된다는 뜻이란다. 그들과 합쳐지게 될 것인지,
끝내 모른 채 지나치게 될 것인지는 오직 순간의 선택에 달려 있지.
네 자신도 의식하지 못하는 발걸음에 따라
너와 네 곁에 있는 사람들의 인생이 달라질 수도 있단다.

93   다섯 번째 편지   11월 22일

강해지기 위해서는 우선 자기 자신을 사랑해야 해.
자신 자신을 사랑하기 위해서는 스스로에 대해 잘 알아야 하지.
남들이 전혀 모르는 깊숙한 비밀까지도.
하지만 삶은 온갖 사건들의 연속이고
평범한 사람들은 거기에 질질 끌려 다닐 수밖에 없어.
그런데 어떻게 자신을 사랑할 수 있고 강해질 수 있다는 걸까.

113   여섯 번째 편지   11월 29일

정원을 가꿀 때 조그만 싹이 나온 걸 보고
다른 것들이 그 싹에 해를 줄까 봐 전전긍긍하는 사람들이 있어.
진드기와 해충들이 접근하지 못하도록 살충제를 듬뿍 뿌리고,
비바람을 막는 비닐도 씌우느라 밤낮없이 일하면서
자기 정원이 안전하다고 믿지.
그런데 어느 날 비닐을 들추어보면 싹들이 모두 썩어서 죽어 있는 거야.
그냥 자연스럽게 내버려뒀다면 일부는 살아남을 수도 있었을 텐데.

131   일곱 번째 편지   11월 30일

가끔씩 그 애의 웃음소리가 들려왔지.
아주 따뜻하고 행복 가득한 웃음이었지. 그래.
한 번이라도 행복했던 적이 있다면 다시 행복해질 수 있어.
그 어린아이에서부터 다시 한번 삶을 시작해보는 거야.

149   여덟 번째 편지   12월 1일

과거의 잘못이나 거짓말로부터 완전히 도망치는 건 불가능해.
한동안 피할 순 있지만 언젠가 다시 튀어나오게 마련이야.
그땐 손쓸 수도 없이 큰 해를 입게 돼.
우리가 피하고 있는 동안,
과거의 거짓말들은 흉포한 괴물로 변해버리거든.

161   아홉 번째 편지   12월 4일

운명은 때로 우리 자신보다 상상력이 풍부하지.
더 이상 도망갈 데가 없다고 생각될 때, 가장 깊이 절망했다고 느낄 때,
모든 것이 돌풍처럼 빠르게 변해버리거든.
모든 것이 뒤집히고, 우리 앞엔 새로운 삶이 펼쳐진단다.

189   열 번째 편지   12월 10일

내 몸과 마음 사이에 무수히 작은 창문들이 있다는 걸 깨달았단다.
그 창문들이 열리면 감정들이 자유롭게 왔다 갔다 하고,
창문들이 닫히면 감정들이 더 이상 흐르지 못하지.
사랑만이 그 문들을 활짝 열어젖힐 수 있어.
거세게 부는 바람처럼 말이야.

223   열한 번째 편지   12월 12일

그노티 세아우톤.
소녀 시절, 그리스어 공책 첫 페이지에 이런 말을 써놓았었지.
내 기억 속에 잠자고 있던 그 말이 갑자기 생각났어.
너 자신을 알라.
아, 이 공기. 나는 크게 심호흡을 했어.

237 열두 번째 편지 **12월 16일**

마음은 언제나 같은 자리에 있다고.
늙었다고 다 현명하지 않은 것처럼, 젊다고 해서 다 이기적인 건 아니지.
그런 건 나이와 아무런 상관이 없어.
그 사람이 어떤 길을 걸어왔는가가 중요할 뿐이지.

255 열세 번째 편지 **12월 20일**

난 요정에게 나를 겨울잠쥐나 작은 새, 혹은 집거미로 만들어달라고 할 거야.
네 눈에 띄지 않으면서도 너와 가까이 살 수 있도록 말이야.
너의 미래가 과연 어떻게 펼쳐질지
상상조차 할 수 없다는 사실이 고통스럽단다.
널 사랑하기 때문이지.

267 열네 번째 편지 **12월 21일**

물론 내가 너보다 먼저 세상을 뜨겠지.
하지만 내가 여기 없다고 해도, 난 네 안에서,
네 행복한 기억 안에서 살아 있을 거야.
나무랑 채소들이랑 꽃들을 볼 때마다
우리가 함께 했던 시간들을 떠올릴 수 있을 거야.

273 열다섯 번째 편지 **12월 22일**

네 앞에 수많은 길들이 열려 있을 때, 그리고 어떤 길을 택해야 할지 모를 때,
그냥 아무 길이나 들어서진 마.
내가 세상에 나오던 날 그랬듯이, 자신 있는 깊은 숨을 내쉬어 봐.
어떤 것에도 현혹당하지 말고, 조금만 더 기다리고 기다려 보렴.
네 마음이 하는 말에 가만히 귀를 기울여 봐.
그러다 네 마음이 말을 할 때, 그때 일어나서 마음 가는 대로 가거라.

1992년
11월16일

오피치나에서

나는 지금 부엌에 앉아
네가 쓰던 낡은 연습장을 펼쳤단다.
유언장을 쓰는 거냐고? 그건 아니야.
내가 필요할 때마다 네가 꺼내 볼 수 있는,
몇 년이 지나도 네 곁에 머물 수 있는
그런 글을 쓰려 한단다.

네가 떠난 지 벌써 두 달이 흘렀구나. 그동안 너에게서는 살아 있다는 엽서 한 장 말고는 아무런 소식이 없는데……. 오늘 아침엔 정원의 네 장미 앞에 한참이나 서 있었단다. 가을이 깊어졌는데 여전히 선명한 빨간색을 간직하고 있더구나. 바싹 메마른 갈색의 화초들 사이에서 유독 눈에 띄게 피어 있었지.

장미를 심던 때가 기억나니? 그때 넌 열 살이었고, 5학년을 마친 기념으로 내가 선물한 『어린 왕자』에 한창 빠져 있었지. 그중에서도 너는 장미와 여우를 유난히 사랑했지. 바오밥나무, 뱀, 비행사 같은 것들은 별로였지만 말이야. 물론 자기만의 소행성에 갇힌, 속은 텅 비고 자만심만 가득 찬 인간들도 싫어했지.

어느 날 아침, 아침을 먹던 넌 문득 말했어.

-장미를 갖고 싶어.

장미라면 정원에 가득 피어 있지 않냐며 나는 널 말렸지. 하지만 너는 고집을 부렸어.

- '나만의 장미'를 갖고 싶어. 내가 보살피고 키울 수 있는 장미 말이야.

그러고는 당연한 순서인 것처럼 여우도 갖고 싶다고 덧붙였지. 영리한 아이답게 먼저 쉽고 단순한 부탁을 한 다음, 좀 더 어려운 부탁을 했던 거야. 이미 장미를 허락해버린 내가 어떻게 여우는 안 된다고 할 수 있었겠니? 꽤 오랫동안 실랑이를 벌인 우리는 여우 대신 결국 강아지로 타협을 보았지.

강아지를 입양하러 가기 전날, 너는 밤새 뒤척이더구나. 삼십 분마다 내 방문을 두드리며 말했지.

-할머니, 잠이 안 와.

다음 날 아침 일곱 시, 이미 세수를 하고 옷을 입고, 아침 식사까지 끝낸 너는 외투까지 입은 채 팔걸이의자에 앉아 나를 기다렸지. 여덟 시 삼십 분쯤, 우린 펫숍에 도착했지만 아직 문은 잠겨 있었어. 창살 너머로 가게 안을 계속 들여다보면서 너는 물었지.

-저렇게 많은 강아지 중에서 내 강아지를 어떻게 알아볼 수 있지?

　한껏 걱정스런 목소리였어. 난 너를 안심시키려 말했지.

　-걱정 말거라. 어린 왕자가 여우를 어떻게 길들였는지 한번 생각해보렴.

　그 뒤로 사흘 동안이나 우린 그 가게를 들락거렸지. 거기엔 이백 마리가 넘는 개들이 있었는데, 네가 그 개들을 모두 다 보려 했으니까 말이다. 개들이 우리 밖으로 나오려고 뛰어오르고, 짖고, 이빨로 줄을 끊으려고 난리를 피우는데도 너는 신중하게 한 마리 한 마리를 유심히 살펴보았지. 주인 여자는 계속 우리를 따라다녔어. 네가 다른 아이들처럼 멋지고 귀여운 외모를 가진 개를 좋아할 거라 생각했겠지.

　-저 코커스패니얼 좀 보렴.

　-저 콜리는 어떠니?

　너는 주인 여자의 말에 아랑곳하지 않고, 계속 툴툴거리면서 개들을 살피고 다녔어.

　그렇게 힘든 사흘이 지날 무렵, 우린 드디어 버크를 만났지. 버크는 가게 뒤쪽 구석에 있었어. 거기는 병을 앓은 후 회복 중인 개들이 모여 있던 곳이었지. 버크도 그런 개들 중 하나였어. 우리가 바로 그 앞으로 갔는데도 다른 개들처럼 펄쩍거리기는커녕 머리도 가누지 못한 채 축 늘어져 있었지.

　-저거야!

버크를 가리키며 넌 갑자기 소리쳤어.

　-저 개를 갖고 싶어.

그때 주인 여자의 놀란 얼굴, 기억나니? 왜 그런 보잘것없는 잡종견을 고르는지 도저히 이해할 수 없다는 표정이었지. 버크의 작은 몸뚱이 안에는 이 세상 모든 개들의 모습이 다 담겨 있는 것 같았어. 머리는 늑대처럼 생겼고, 귀는 사냥개처럼 부드럽게 늘어져 있고, 발은 닥스훈트처럼 길고, 포메라니안처럼 복슬복슬한 꼬리를 가졌지.

버크를 입양하기로 결정하고 사무실로 들어가자 일하던 소녀가 버크에 관해 귀띔해주었어. 초여름쯤에 누군가가 버크를 차창 밖으로 내던져버렸다고. 그 탓에 지금도 한쪽 뒷다리는 쓰지 못한다고 말이야.

버크는 지금 내 곁에 있단다. 이 편지를 쓰는 지금도 이따금 숨을 내쉬며 내 다리에 코를 킁킁거리고 있지. 버크의 주둥이와 귀에 난 털은 이제 희끗희끗해졌어. 얼마 전부터는 늙은 개들의 눈에 으레 보이는 백태도 보이기 시작했어. 버크를 바라보고 있으면 가슴이 아려온단다. 너의 일부가 아직 내 옆에 남아 숨 쉬는 것 같아서. 내가 가장 사랑했던 너의 한 시절. 수많은 개 중에서 가장 못나고 슬퍼 보이는 개를 선택했던 너. 그 시절의 네가 느껴진단다.

지난 몇 달 동안 혼자 집 주변을 배회하다 보니, 우리가 같이 살 때 쌓인 몇 년 동안의 오해와 나쁜 감정들이 다 사라지는 것 같았어. 지금 내 기억에 남은 건 어린아이였던 너, 너무나 천진난만하고, 쉽게 상처받고 혼란스러워하던 너에 대한 기억만이 나를 감싸고 있을 뿐이야. 나는 바로 그 아이에게 이 편지를 쓰고 있는 거란다. 도도하고 다가가기조차 어렵던 얼마 전의 네가 아닌 어린 시절의 너 말이야.

편지를 쓰겠다고 생각한 건 장미 덕이었어. 오늘 아침, 네 장미

앞을 지날 때 속삭임이 들렸지.

　-그 아이에게 편지를 써보세요.

　물론 기억하고 있단다. 네가 이곳을 떠나던 날, 난 네게 편지를 보내지 않겠다고 약속했지. 내키지는 않았지만 지금까지 그 약속을 지켜왔고. 그러니 미국에 있는 네가 이 편지를 받게 될 일은 없을 거야. 하지만 네가 돌아왔을 때 만약 내가 없다면, 이 편지들이 너를 반겨주겠지.

　왜 이런 말을 하느냐고? 한 달쯤 전 내 생애 처음으로 아주 심하게 아팠단다. 어쩌면 예닐곱 달이 지난 후엔 내가 여기 없어서 너를 반겨줄 수 없을지도 모른다는 생각이 들 만큼. 한 친구가 이렇게 얘기해주더구나. 항상 건강하던 사람이 한 번 아프기 시작하면 갑자기, 그리고 혹독하게 앓는다고. 바로 내게 그런 일이 일어난 거야.

　어느 날 아침, 장미에 물을 주고 있을 때, 갑자기 누군가 불을 끈 것처럼 세상이 어두워졌어. 라츠만 부인이 담장 너머로 날 보지 못했다면 넌 지금쯤 고아가 되었을지도 몰라.

고아? 할머니가 죽었다고 고아가 되는지는 잘 모르겠구나. 어쩌면 조부모들은 그리 중요한 존재가 아닌지도 모르지. 조부모 없는 사람을 부르는 말이 따로 없는 걸 보면. 조부모가 돌아가셨다고 해서 고아나 과부가 되지는 않잖아. 무심코 잃어버린 우산처럼 조부모들도 그렇게 잊혀지는 게 당연한 걸까.

병원에서 눈을 떴을 때, 아무 기억도 나지 않았어. 잠들어 있는 내내 가늘고 긴 고양이 수염이 자라고 있는 듯한 기분이었지. 그런데 눈을 떠보니, 그건 두 개의 고무관이었어. 코에서 나와 입술을 따라 이어져 있었지. 이상한 기계들이 내 주변을 온통 둘러싸고 있었어.

며칠 후에 두 명의 다른 환자들이 있는 일반 병실로 옮겼어. 그날 오후 문병 온 라츠만 씨가 말했지.

-부인네 개가 미친 듯이 짖어 댔어요. 덕분에 부인이 살아난 거예요.

몸을 일으킬 정도로 회복되었을 때, 전에 나를 진료해준 적이 있는 젊은 의사가 나를 찾아왔어. 의자를 가지고 와서 내 옆에 앉더구나.

 ─부인을 간호해주거나 일을 처리해줄 친척이 없는 것 같으니 솔직하게 말씀드리겠습니다.

 그가 말하는 동안, 나는 멍하니 그의 얇은 입술만 바라보고 있었어. 내가 얇은 입술을 가진 사람을 얼마나 싫어하는지 알지? 그는 내 건강이 퇴원을 해선 안 될 정도로 나쁘다고 하더구나. 그러고는 양로원 두어 곳을 추천해주면서 내 표정을 살피더니 몇 마디 덧붙였어.

 ─옛날 양로원을 생각하시면 안 됩니다. 요즘은 아주 좋아졌어요. 햇빛이 잘 드는 방에다, 정원이 넓어서 산책하기도 좋아요.

 ─혹시 에스키모에 대해서 아세요?

 그는 일어서면서 대답했어.

 ─예. 물론 알죠.

 ─그럼 됐어요. 나는 그들처럼 죽고 싶어요.

 그가 이해하지 못한 것 같아서 나는 덧붙였지.

 ─온통 새하얀 방 안에서 침대에 누운 채 일 년을 더 사느니, 내 채소밭 호박들 사이에 쓰러져 죽는 편이 낫다는 거지요.

이미 문 앞까지 가 있던 의사는 비꼬는 듯한 미소를 짓더구나.

　-다들 그렇게 말하죠. 그러다가 마지막 순간에는 이곳으로 되돌아와 치료해달라고 애걸해요. 사시나무처럼 떨면서 말이에요.

　사흘 후 나는 '만일 내가 죽더라도 그 책임은 오직 나에게 있다'는 우스꽝스런 진술서에 서명을 했단다. 머리보다 커보이는 엄청난 금귀고리를 한 간호사에게 진술서를 건넨 나는 물건들을 챙겨 택시정류장으로 향했지.

　문 앞에서 나를 본 버크는 미친 듯이 맴을 돌며 짖기 시작했어. 녀석이 얼마나 기뻐하는지가 나에게도 오롯이 전해졌지. 결국 꽃밭을 망가뜨렸지만 야단칠 마음이 들지 않을 정도로. 처음으로 말이야.

　코에 흙을 잔뜩 묻힌 채 다가온 버크에게 나는 이렇게 인사를 건넸지.

　-봤지, 이 늙은 친구야. 우리 다시 만났네.

　그러고는 녀석의 귀 뒤를 긁어주었어.

　그 후 며칠 동안 나는 거의 아무 일도 할 수 없었어. 몸의 왼쪽이 말을 듣지 않았으니까. 그중에서도 왼손이 아주 둔해졌지. 질 수 없다는 생각에 오히려 그 손을 더 많이 사용하려고 애썼어. 왼 손 손목에 분홍 리본을 묶어놓고 물건을 집으려 할 때마다 되새 겼단다. 건강한 시절에는 몸이 나의 적이 될 거라고는 상상도 못 하지. 하지만 병이 들면 내 몸이 가장 무서운 적이 된단다. 단 한 순간이라도 몸과 싸우려는 의지가 약해지면 지고 마는 거야.

몸이 마비되는 걸 느끼면서 만약을 대비해 월터 부인에게 열 쇠꾸러미를 주었단다. 그녀는 매일 내게 들러서 필요한 것들을 가져다주고 있어.

집 안과 정원을 여기저기 돌아다니니 네 생각이 점점 더 또렷 해지는구나. 이런 게 진짜 집착이 아닐까. 너에게 전보를 치려고 수화기를 몇 번이나 들었다가 내려놓았어. 저녁이면 팔걸이의자 에 앉아서, 그 견디기 힘든 침묵과 허무 속에서, 어떻게 해야 가 장 좋을지 스스로에게 묻곤 해. 내가 아니라 너를 위해서 말이야.

물론 내가 세상을 떠날 때, 네가 곁에 있어준다면 좋겠지. 지금 내 상태를 알린다면 너는 아마도 집으로 돌아올 거야. 그러고 나서는? 난 꼼짝없이 휠체어에 앉아 삼사 년을 더 살 수도 있을 거야. 심지어 정신을 놓아버릴지도 모르지. 그러면 넌 헌신적으로 날 돌보겠지. 하지만 시간이 흐르면서 헌신은 분노로, 증오로 바뀔 거야. 몇 년 동안 너의 젊음을 허비해버렸으니까.

그렇게 되면 너에게 쏟았던 내 사랑은 결국 부메랑처럼 나에게 되돌아올 테지. 너의 삶을 막다른 골목으로 몰아넣었다는 증오가 되어서 말이야.

너에게 알리지 않는 게 옳다고 생각하자마자 또 다른 생각이 든단다. 만약 네가 집으로 돌아와서 문을 열었을 때, 사람의 온기라고는 느낄 수 없는 텅 빈 집을 마주하게 된다면? 혹은 네가 미처 집에 돌아오지도 못했을 때, 내가 죽었다는 전보를 받게 된다면? 너는 치졸한 배신감을 느끼지 않을까? 우리가 함께 살던 마지막 몇 달 동안 넌 내게 너무도 매몰찼으니, 내가 말 없이 죽음으로써 너에게 벌을 주려 했다고 생각할지도 몰라.

그렇게 되면 내 마음은 부메랑처럼 제자리로 돌아오지도 못한 채 그 자리에 깊은 구덩이를 만들어버릴 거야. 어느 누구도 빠져나올 수 없는 까마득한 심연을.

상상해보렴. 사랑하는 사람과 함께 있기를 아무리 간절히 원해도 그 사람은 무덤에 묻혀 있는 상황을 말이야. 더 이상 그 사람의 눈을 바라볼 수도 없고, 안을 수도 없고, 하지 못한 말을 전할 수도 없어.

시간은 계속 흘러가는데 나는 어떤 결정도 내리지 못했어. 그런데 오늘 아침, 장미가 내게 말을 해준 거야.

-그 아이에게 편지를 쓰세요. 당신이 세상을 뜬 후에도 그 아이가 간직할 수 있는, 당신의 일상에 대한 짧은 기록들을요.

그래서 나는 지금 부엌에 앉아 네가 쓰던 낡은 연습장을 펼쳤단다. 어려운 숙제를 하면서 연필 끝을 잘근잘근 깨무는 어린아이가 된 것 같구나. 유언장을 쓰는 거냐고? 그건 아니야. 내가 필요할 때마다 네가 꺼내 볼 수 있는, 몇 년이 지나도 네 곁에 머물 수 있는 그런 글을 쓰려 한단다.

걱정 말거라. 설교하려는 것도 아니고, 널 슬프게 하려는 것도 아니니까. 난 단지 너와 이야기를 나누고 싶을 뿐이야. 가슴과 가슴으로 나누는 대화 말이야. 우리가 서먹해지기 이전에 늘 그랬던 것처럼.

살아 있는 사람들에게는 누군가 죽었다는 사실보다 그에게 하지 못한 말들이 남아 있다는 사실이 더 무거운 짐이 되곤 하더라. 나는 꽤 오래 살았고 그만큼 많은 사람들을 먼저 떠나보냈기 때문에 잘 알지.

생각해보렴. 다른 사람들이 할머니로 만족할 늙은 나이에 나는 네 엄마 노릇을 했어. 물론 그래서 너에게 좋은 점도 있긴 했지. '할머니 엄마'는 대개 그냥 엄마보다 더 사려 깊고 인자한 편이니까.

나에게도 좋은 점은 있었단다. 적어도 내 또래의 다른 늙은 여자들처럼 카드놀이를 하고 차나 마시면서 점점 더 늙어가지는 않았으니까. 내 의지는 아니었지만 난 삶의 거친 파도 속으로 다시 휩쓸려 들어갔어. 그런데 언제부턴가, 무엇인가가 깨져버렸지. 내 잘못도 아니고, 네 잘못도 아니니 자연의 섭리라고 해야 할까?

어린아이와 노인은 비슷한 점이 많단다. 이유는 다르지만 둘

다 완전히 무방비 상태지. 자기 삶을 주도적으로 이끌 수 없고, 어떤 일에 대한 반응 역시 꾸밈없고 계산적이지 않지.

그런데 자라면서 보이지 않는 껍데기가 몸을 감싸기 시작해. 그 껍데기는 성장하는 동안 계속 두꺼워져. 그것은 진주가 자라는 과정과 비슷해. 상처가 크고 깊을수록 보호막은 더 단단해지니까. 하지만 시간이 흐르면 가장 많이 사용한 부분들이 차츰 약해지기 시작해. 그리고 어느 순간 툭, 찢어져버리는 거야. 너무 오래 입은 낡은 옷처럼.

물론 처음에는 느낄 수 없어. 너는 네 갑옷이 여전히 널 완벽하게 지켜준다고 믿겠지. 하지만 어느 날 사소한 일에 어린아이처럼 울음을 터뜨리는 자신을 발견하면서 진실을 알게 된단다.

그러니 우리 사이가 멀어진 건 지극히 당연한 거란다. 너의 껍데기는 이제 막 생겨나기 시작했고, 나의 껍데기는 이미 너덜너덜해진 지 오래니까 말이야. 너는 내가 우는 걸 못 견뎌했고, 나는 갑자기 차가워진 너를 견딜 수 없었어. 물론 사춘기를 거치면서 네 성격이 달라질 거라 기대했지. 그런데도 막상 그때는 참을 수 없이 힘들었단다. 내 앞에 다른 사람이 서 있는 것만 같았어.

어떻게 너를 대해야 할지 모르겠더구나. 밤이면 지금 너에게 일어나고 있는 모든 변화에 감사하기로 마음을 가다듬었어. 아무 문제없이 청소년기를 보낸 사람은 성숙한 어른이 될 수 없다고 생각하면서 말이야. 하지만 아침이 되고, 눈앞에서 문을 꽝 하고 닫힐 때면 얼마나 절망적이었던지. 그저 울고만 싶었어. 나에게는 그런 널 견뎌낼 만한 에너지가 없었어.

　너도 팔십 대가 되면 알게 되겠지. 이 나이가 되면 자신이 늦가을 나무에 매달려 있는 잎사귀처럼 느껴진단다. 햇빛은 점점 줄어들고, 나무는 양분이 될 만한 것들을 모두 거둬들이지. 질소와 엽록소, 단백질들은 모두 줄기로 흡수되고, 잎사귀는 빛깔도 탄력도 잃어버리지. 아직 나무에 매달려 있지만 떨어지는 건 시간문제야. 다른 잎들이 떨어지는 걸 지켜보면서, 언제 불어올지 모르는 바람 때문에 줄곧 두려움에 떨며 사는 거지. 나에게 그 바람은 바로 너, 너의 격렬한 생명력이었어. 아가, 넌 눈치채지 못했지? 우린 한 그루의 나무에서, 완전히 다른 계절을 살고 있었던 거란다.

네가 떠나던 날이 생각나는구나. 우리 둘 다 얼마나 신경질적이었니? 너는 나에게 공항으로 배웅조차 나오지 말라고 했지. 내가 뭔가를 챙겨야 하지 않겠느냐고 말할 때마다 이렇게 대꾸했어.

-난 미국에 가는 거예요. 사막이 아니라.

네가 출국장 문 앞에 섰을 때, 나는 새된 목소리로 밉살스럽게 말했지.

-몸조심하거라.

너는 한 번 돌아보지도 않았어.

-버크랑 장미나 잘 돌봐주세요.

그 작별 인사에 나는 무척 실망했었지. 감상적인 노인네라고 해도 좋아. 하지만 나는 좀 다른 걸 기대하고 있었던 것 같아. 키스나 애정이 담긴 한마디의 말 같은 진부한 것들 말이다.

그날 밤, 도저히 잠을 이루지 못하고 비어버린 집 안을 여기저기 배회했지. 그러다가 깨달았어. 네 마지막 인사에 담긴 뜻을 말이야. 버크와 장미를 보살펴달라는 건, 행복했던 너의 한 시절을 보살펴달라는 뜻이었겠지. 왜 그렇게 차가운 명령조로 말했는지도 이해할 수 있었어. 울음을 가까스로 참느라 잔뜩 긴장해 있었던 거지. 그게 바로 너를 둘러싸고 있는 '갑옷'이었던 셈이야. 너의 갑옷은 너무 단단해서 숨조차 쉴 수 없구나.

지난번에 내가 했던 말, 기억하니? 흘러내리지 못한 눈물은 가슴에 쌓인다고. 그것들은 점점 딱딱해져서 결국 심장을 마비시킨단다. 세탁기에 쌓인 찌꺼기가 엔진을 망가뜨리는 것처럼.

모든 걸 집안일에 비유하는 날 비웃을지도 모르겠다. 하지만 너도 인정할 수밖에 없을 거야. 사람들은 누구나 자기가 가장 잘 아는 세계에서 영감을 얻는다는 것을.

잠시 헤어질 시간이 왔구나. 버크가 숨을 헐떡이며 애원하듯 날 바라보고 있어. 녀석은 절대 자연의 리듬을 거스르지 않거든. 계절에 상관없이 스위스 시계만큼이나 정확하게 식사 시간을 알려주니까 말이다.

11월 18일

난 시간은 낭비해도 상관없다고,
인생은 달리기 경주가 아니라
활쏘기 게임 같은 거라고 대답해주었지.
중요한 건 시간을 절약할 수 있느냐가 아니라
과녁의 중앙을 맞힐 수 있느냐 하는 것이라고.

어젯밤에는 비가 세차게 내렸어. 덧문에 부딪히는 요란한 빗소리에 몇 번이나 잠을 깼단다. 아침에 눈을 떴을 때도 여전히 날씨가 좋지 않은 것 같아 꽤 오랫동안 이불 속에서 뒤척였어. 세월이 흐르면 세상 모든 것들이 변하게 마련인가 봐. 나도 네 나이 때는 지독한 잠꾸러기였지. 누군가 깨우지 않으면 점심시간까지도 잘 수 있었으니까. 하지만 지금은 언제나 동이 트기도 전에 잠이 달아나버린단다. 하루는 끝도 없이 지루하게 계속되지. 꽤 잔인한 일이야. 그렇지 않니? 아침 시간은 더더욱 힘들구나. 별다른 소일거리도 없으니, 가만히 앉아 자꾸 옛날 일을 돌이켜보게 된단다. 나이든 사람들은 미래를 생각하지 않아. 그래서 늙은이들은 늘 슬프고 우울한 건지도 몰라.

이따금 자연이 벌여놓은 장난들에 대해 생각한단다. 텔레비전

다큐멘터리를 보고 깊은 생각에 잠긴 적이 있었지. 동물들의 꿈에 관한 내용이었어. 동물의 세계에서도 꿈이 있다는 거야. 조류부터 시작해서, 그보다 진화한 모든 동물들은 꿈을 꾼대. 박새와 비둘기, 다람쥐와 토끼, 개와 풀밭 위의 젖소들 모두⋯⋯. 하지만 모두 같은 방식으로 꿈을 꾸진 않아. 먹잇감이 되는 동물들은 아주 짧은 꿈을 꾸는데, 그건 꿈이라기보다는 차라리 환영에 더 가깝다고 해. 하지만 사냥을 하는 포식자들은 좀 더 복잡하고 긴 꿈을 꾼단다.

해설자가 말했어.

−동물들에게 '꿈'이란 생존 전략을 세우는 행위입니다. 사냥을 하는 동물들은 늘 먹이를 얻기 위해 새로운 방법을 연구해야 합니다. 반면 먹잇감이 되는 초식동물들은 먹이가 늘 그들 앞에 있죠. 이들에게 중요한 건 단 한 가지입니다. 가장 재빠르게 도망치는 것⋯⋯.

그래서 영양은 꿈에서 드넓은 사바나 초원을 보고, 사자는 영양을 잡기 위해 해야 할 모든 일들을 꿈속에서 생각한다는 거야. 난 그때 이런 생각이 들었어. 그렇다면 젊은이들은 육식동물이고, 늙은이들은 초식동물이군. 노인들은 적게 잘 뿐만 아니라, 꿈도 잘 꾸지 않으니까. 꿔도 금세 잊어먹곤 하지. 하지만 어린아이들과 젊은이들은 훨씬 더 많은 꿈을 꾸지. 게다가 꿈이 아주 생생해서 하루의 기분까지 좌우하기도 하지.

나와 함께 지내던 마지막 몇 달 동안, 너는 꿈에서 깨면 소리 없이 울곤 했어. 기억나니? 커피 잔을 앞에 두고 앉아 있을 때, 눈물이 네 뺨 위를 조용히 흘러내렸지. 왜 우느냐고 물으면 너는 힘없이 대답했어.

-나도 몰라요.

네 나이 때는 마음속에 수많은 계획들이 가득 차 있지만, 그 모든 게 다 불안정하지. 무의식에는 어떤 질서나 명백한 논리가 없단다. 가장 숭고한 정신적 열망과, 기본적인 육체적 욕구들이 결합되고, 거기에 일상의 찌꺼기들까지 섞여버린 것이 바로 무의식이라는 거야. 그래서 배가 고픈 사람은 식탁에 앉아서도 먹을 수 없는 꿈을 꾸고, 추위에 떠는 사람이 외투 하나 걸치지 않고 북극에 서 있는 꿈을 꾸기도 한단다. 모욕당한 적이 있는 사람은 피에 굶주린 전사가 되는 꿈을 꾸기도 하지.

선인장과 카우보이들 사이에서 사는 너는 어떤 꿈을 꾸니? 궁금하구나. 혹시 내가 인디언 옷을 입고 네 꿈에 등장하지는 않니? 버크가 코요테 가면을 쓰고 나타나는 건 아니야? 집이 가끔 그립긴 하니? 우리들 생각도 가끔은 하고?

어제저녁엔 안락의자에 앉아 책을 읽는데 방 안에서 규칙적인 소리가 들렸어. 돌아보니 잠든 버크가 꼬리로 바닥을 탁탁 치고 있더구나. 버크의 표정이 참 행복해 보였어. 나는 버크가 네 꿈을 꾸고 있는 거라고 짐작했단다. 막 집에 돌아온 널 반기고 있거나, 너와 함께 했던 아주 기분 좋은 산책을 하고 있는 거라고.

개들은 사람의 감정에 쉽게 동화되고 오랫동안 같이 지낸 주인과 쌍둥이처럼 닮아간단다. 그래서 개를 싫어하는 사람들도 많지. 때로 개들의 부드러운 복종의 눈 속에서 자신의 부끄러운 모습을 발견하기 때문이야. 이전엔 미처 몰랐던 문제들 말이야. 버크는 종종 네 꿈을 꾼단다. 나는 꿀 수 없지. 아니 꾸긴 했지만 기억할 수 없는 건지도 몰라.

어렸을 때, 난 남편을 잃은 고모와 한동안 함께 살았던 적이 있어. 고모는 심령술에 빠져 있었지. 고모와 난 자주 부모님의 눈을 피해 어두운 구석으로 숨어들었단다. 고모는 나에게 정신이 가진 특별한 힘에 대해 알려주었지.

-멀리 있는 사람과 만나고 싶다면, 손에 그 사람 사진을 꼭 쥐고서 성호를 긋듯이 세 걸음을 걷고, '나예요. 나 여기 있어요'라고 말하면 된단다.

그렇게 하면 내가 원하는 사람과 텔레파시로 소통할 수 있다는 거였어. 편지를 쓰기 전에, 정말 그렇게 해봤어. 여기가 오후 다섯 시쯤이었으니 거기는 아침이었을 거야. 혹시 나를 보지 못했니? 목소리라도 듣지 못했어? 나는 조명과 알록달록한 타일들, 샌드위치를 먹는 사람들로 가득 찬 바 안에 앉아 있는 널 봤어. 그 많은 사람들, 현란한 옷차림들 사이에서도 금세 널 알아볼 수 있었지. 넌 내가 얼마 전에 짜준 빨강, 파랑 사슴 무늬 니트를 입고 있었거든. 하지만 모든 게 너무 순식간에 지나가버렸어. 또 텔레비전 영화에서 보는 것처럼 이미지들이 너무 과장되어 있어서 네 눈빛을 잘 살필 수도 없었단다.

넌 지금 행복하니? 지금 나에게 가장 중요한 문제는 바로 그것 뿐이야.

내가 네 유학비용을 책임져야 하는지를 놓고 우린 참 많이 다 퉜지. 기억나니? 너는 숨 막히는 이곳을 벗어나야 정신적으로 성장할 수 있다고 계속 우겼어. 당시 막 고등학교를 졸업했던 넌, 진정 하고 싶은 일이 뭔지 몰라 캄캄한 어둠 속에서 방황하고 있었어.

소녀 시절의 너는 참 열정이 많은 아이였지. 수의사, 탐험가, 가난한 아이들을 돌보는 의사……. 이 수많은 꿈들은 나이를 먹으면서 흔적도 없이 사라져버렸구나. 시간이 갈수록 다른 사람들을 향해 활짝 열려 있던 네 마음은 점점 더 닫혀 갔어. 넌 모든 사람들을 사랑하고 그들의 아픔을 같이 하고 싶다고 했었지. 하지만 냉소와 고독이 그 열망을 밀어낸 자리에 들어섰어. 네가 불행한 운명을 타고났다는 사실에 집착하기 시작한 것도 그 무렵이었지. 어쩌다 텔레비전 뉴스에 잔인한 사건이라도 나오면 난 충격을 받고 안타까워하며 안절부절했지. 하지만 넌 그런 나를 비웃었지.

　-할머니 나이에도 놀랄 일이 남아 있다니. 여태 몰랐어요? 자연도태가 이 세계의 법칙이라고요.

　처음엔 그런 말을 들었을 땐 숨조차 쉴 수 없었어. 내 곁에 괴물이 앉아 있는 것 같았으니까. 곁눈질로 너를 바라보면서 너란 아이가 대체 어디서 나왔을까 의문이 들었다. 하지만 대답은 하지 않았어. 대화는 이미 끝났다는 걸 알고 있었으니까. 내가 무슨 말을 하던 싸움이 될 게 뻔했거든. 난 나약했고, 힘을 낭비하는 게 두려웠어. 물론 한편으로는 네가 싸우려 한다는 것도 알고 있었지. 다툼은 또 다른 다툼으로 이어지고, 점점 더 격렬해질 게 뻔했어. 네 말속에서 금방이라도 폭발해버릴 것 같은 에너지가 느껴졌단다. 내가 할 수 있는 일은 상황을 무마하고, 공격적인 말들에 짐짓 무관심한 척하는 거였어. 네가 다른 분출구를 찾을 수 있도록 말이야.

　그러자 넌 멀리 떠나버리겠다고, 내 인생에서 사라져주겠다고 나를 위협했지. 넌 아마 내가 제발 곁에 있어달라고 필사적으로 매달리기를 바랐을 거야. 하지만 내가 좋은 생각인 것 같다고 흔쾌히 동의하자, 넌 흔들리기 시작했어. 마치 머리를 쳐든 채, 입을 딱 벌리고 공격할 준비를 갖추었는데 눈앞의 먹잇감이 사라져버린 한 마리 뱀 같더구나. 넌 협상을 시작했지. 불확실한 계획들을 이것저것 꺼내놓던 어느 날, 커피를 마시던 너는 마침내 확신에 찬 어조로 말했지.

–미국에 갈 거예요.

난 좋은 생각이라고 인정해주었지. 하지만 네 자신조차 확신하지 못하는 것을 성급하게 결정하도록 부추기고 싶지는 않았어. 그다음 주 내내 넌 미국행에 대해서 이야기했어.

–거기서 일 년 정도 있으면 적어도 외국어 하나는 배우는 거잖아요. 그러니 시간 낭비는 아니겠죠.

난 시간은 낭비해도 상관없다고, 인생은 달리기 경주가 아니라 활쏘기 게임 같은 거라고 대답해주었지. 중요한 건 시간을 절약할 수 있느냐가 아니라 과녁의 중앙을 맞힐 수 있느냐 하는 것이라고. 이 말에 넌 불같이 화를 냈어. 팔로 테이블 위의 커피 잔들을 쓸어버리고는 울음을 터뜨렸지. 넌 얼굴을 가린 채 말했어.

–할머닌 멍청해요. 내가 원하는 게 뭔지 모르겠어요?

우린 지뢰를 묻어놓고 그걸 밟지 않기 위해 애쓰는 두 명의 군인 같았어. 지뢰가 어디 있는지, 그게 어떤 건지 다 알면서도 마치 우리가 두려워하는 건 다른 것이라는 듯 그곳으로부터 멀리 떨어져서 걷고 있었다고나 할까? 지뢰가 터졌을 때 넌, 할머닌 아무것도 모르고, 절대 아무것도 이해할 수 없을 거라고 퍼부으면서 울었어. 난 당혹감을 감추려고 엄청나게 노력했지.

네 엄마, 너를 임신하게 된 과정, 네 엄마의 죽음, 난 그 어느 것에 대해서도 너에게 말해주지 않았었지. 넌 그런 내 침묵을 증오했어. 할머니는 그 일들에 아무런 영향도 받지 않았고, 심지어 중요한 일조차도 아니었다고, 그래서 그 일들에 대해 침묵으로 일관한다고 생각했던 거야. 하지만 네 엄마는 내 딸이기도 하단다. 그 생각은 해보지 않았지? 해본 적이 있어도 넌 말하지 않고 그냥 덮어두었을 테지.

넌 네 엄마에 대해 아무것도 기억하지 못할 거야. 단지 엄마가 있어야 할 자리가 비어 있었다는 사실 말고는. 네 엄마가 죽었을 때 넌 너무 어렸으니까. 하지만 난 삼십육 년 동안의 기억을, 아니 거기다 내 속에 그 애를 품고 있던 아홉 달까지 보탠 나날의 추억을 아직도 기억하고 있어.

내가 어떻게 그 모든 일에 무관심할 수가 있었겠니?

내가 그 이야기들을 꺼내지 않았던 건 수치심과 이기심 때문이었단다. 네 엄마에 대해 이야기하려면 어쩔 수 없이 나 자신과 내가 저지른 나쁜 짓에 대해서도 말해야만 했거든. 수치스러웠지. 또 내 사랑이 네 엄마의 빈자리를 덮고도 남을 만큼 충분해서, 어느 날 네가 '내 엄마는 누구예요, 왜 죽었죠?'라고 묻지 않아도 되길 바랐어. 다 나의 이기심이었지.

네가 어린아이였을 때 우린 정말 행복했었어. 네 작은 몸은 기쁨으로 가득 차 있었으니까. 그건 가벼운 즐거움도 아니었고, 겉만 번지르르한 행복도 아니었어. 넌 늘 진지한 사색이 함께 배어 있었어. 넌 한바탕 크게 웃다가도 갑자기 조용해지곤 했어.

- 왜 그러니? 무슨 생각을 하는 거야?

내가 물으면 넌 대답했지. 오후 간식이 어땠는지를 얘기할 때처럼 아무렇지 않게.

- 하늘에 끝이 있는지, 아니면 영원히 계속 이어지는지 알고

싶어.

그런 네가 난 자랑스러웠지. 넌 나와 꼭 닮은 감수성을 갖고 있었어. 우리 둘 사이엔 어떤 거리감도 느껴지지 않았지. 우린 친구였고 파트너였어. 난 그 모든 것이 영원할 거라고 믿었단다. 하지만 허공을 즐겁게 떠다니는 비누 거품 속에 언제까지고 머물러 있을 순 없었지.

인생엔 전과 후가 있어서 그게 항상 우리를 옭아매곤 한단다. 흔히 부모의 죄는 자식에게 간다고들 하지. 이건 절대 진리야. 부모의 죄는 자식에게 가고, 조부모의 죄는 손자에게, 증조부모의 죄는 증손자에게 대물림되지. 진실은 우리를 자유롭게 하지만, 때로는 공포를 가져다주기도 하지. 부모의 죄가 자식에게 전해진다는 진실처럼 말이다. 도대체 이 죄의 시작은 어디일까? 카인? 그렇게 멀리 갈 필요가 있을까? 이 모든 것들 뒤에는 무엇이 있을까?

언젠가 한 인도 철학책에서 '운명은 필연적인 것이고, 자유의지란 환상일 뿐이다'라는 구절을 읽은 적이 있어. 난 안도감을 느꼈단다. 그런데 바로 다음 날, 몇 페이지를 더 읽어보니 '운명이란 과거 행동들의 결과일 뿐이다'라고 쓰여 있더구나. 결국 운명은 자신의 손으로 만드는 거라면서 말이다. 난 출발점으로 되돌아와야 했지.

이 모든 것들의 열쇠는 어디 있는 걸까? 어떤 실을 잡아야 엉킨 걸 풀 수 있을까? 어쩌면 실이 아니라 사슬 같은 것일까? 깨거나 끊어버릴 수 있는 걸까? 아니면 영원히 우리를 묶어두는 것일까?

하지만 지금은 좀 쉬어야겠다. 내 머리는 더 이상 옛날 같지 않아. 물론 생각하는 방식은 똑같지만, 버텨낼 만한 힘이 없단다. 이제 피곤하구나. 젊은 시절 철학책을 읽으려 애쓸 때처럼 머리가 빙빙 도는 것 같아. 존재, 비존재, 내재성……. 겨우 몇 페이지를 읽었을 뿐인데 차를 타고 구불구불한 산길을 오르는 것처럼 어지러웠지.

잠시 너랑 헤어져야겠다. 때로는 사랑스럽고, 때로는 혐오스러운 텔레비전을 보면서 좀 쉬어야겠어.

11월 20일

성모마리아 승천 축일날 밤,
바다 위로 쏘아 올리는 불꽃놀이를 보러 갔던 일 생각나니?
내가 아는 많은 여자들의 삶을 생각할 때
떠오르는 이미지가 바로 그런 거란다.
하늘 높이 올라가지도 못하고
낮은 데서 칙 하며 꺼져버리는 불꽃.

세 번째 만남이구나. 어제는 책 읽기조차 힘들 만큼 피곤했어. 불안하고 도대체 뭘 해야 할지 몰라서 하루 종일 집과 정원 근처를 서성였단다. 햇빛이 꽤 따사로워서 해가 있는 동안은 개나리 옆 벤치에 앉아 있었어. 엉망이 된 잔디밭과 꽃밭을 보고 있노라니 낙엽 때문에 너와 다투었던 일이 생각나더구나. 작년이었나, 재작년이었나? 내가 기침 감기에 시달리는 바람에, 낙엽들이 잔디밭을 온통 뒤덮고 바람에 날려 소용돌이치고 있었지. 어두컴컴한 하늘 밑에 버려진 황폐한 정원을 창밖으로 바라보던 난 갑자기 너무나 슬퍼졌어. 난 네 방에서 이어폰을 끼고 누워 있는 너에게 낙엽을 좀 쓸어달라고 부탁했지. 내가 몇 번이나 크게 되풀이한 뒤에야 넌 겨우 내 말을 알아듣더구나. 넌 어깨를 으쓱하면서 말했지.

-뭐 하려요? 낙엽이 쌓이는 건 자연의 순리예요. 그냥 거기서 썩으면 되는 거라고요.

그 무렵 '자연'이라는 말은 너의 가장 든든한 동맹군이었지. 넌 모든 걸 변하지 않는 자연의 법칙 탓으로 돌리곤 했어. 하지만 정원은 길들여진 자연이잖니. 개를 길들일 때처럼 끝없는 관심을 기울여야 하고, 그렇게 길들여진 자연은 세월이 흐를수록 주인을 닮아 간단다. 이렇게 말할까 하다가 그만두었다. 조용히 거실로 나왔지. 잠시 뒤에 너는 나를 지나쳐서 냉장고로 다가갔어. 내가 우는 걸 보고서도 조금도 개의치 않더구나. 한참 후에 너는 다시 방에서 나와 물었어.

-오늘 저녁은 뭐예요?

내가 그때까지 계속 울고 있었다는 걸 알아챈 너는 부엌으로 가서 부산하게 움직였어. 그리고 크게 물었어.

-초콜릿 푸딩 어때요? 아니면 오믈렛?

내가 정말 슬퍼하고 있다는 걸 알고 나름대로 배려했던 거겠지. 다음 날 아침 덧문을 열었을 때, 세찬 빗속에서 노란 레인코트를 입고 낙엽을 쓸고 있는 너를 보았단다. 네가 아홉 시쯤 집안으로 들어왔을 때 난 아무것도 모르는 척했어. 넌 착한 일을 하면서도 그걸 오히려 부끄럽게 여기는 아이였으니까.

오늘 아침, 쓸쓸한 정원을 바라보니 다시 우울해지는구나. 사람을 불러서 시든 꽃들을 뽑아내야겠어. 퇴원하던 날부터 생각하고 있던 건데 아직까지 실행에 옮기질 못했단다.

나이를 먹을수록 점점 더 정원에 애착을 갖게 되는구나. 나 아닌 다른 사람이 달리아에 물을 주거나, 죽은 잎들을 떼어버리는 걸 참을 수 없어. 참 이상한 일이지. 어렸을 때는 정원에서 그런 한가한 일이나 하는 게 무척 따분하게 느껴졌는데 말이야. 정원을 소유하고 있다는 건 특권이 아니야. 오히려 아주 성가신 일이지. 하루 이틀만 관심을 기울이지 않아도, 애써 가꾸어놓은 보람도 없이 무질서한 상태로 되돌아가니까.

난 무질서한 것이 너무 싫었단다. 아무런 초점도, 핵심도 없는 내 마음속을 보는 것 같아서 참을 수 없었겠지. 너에게 낙엽을 쓸어달라고 했을 때 내가 이걸 기억하고 있었더라면 얼마나 좋았겠니.

어느 정도 나이를 먹어야 비로소 이해할 수 있는 것들이 있단다. 집과 집 주변에 있는 모든 것들이 나에게 어떤 의미를 갖는지도 나이를 먹어야 알게 되지. 육칠십 대가 되면 집이나 정원이 단순히 생활의 편의를 위한 것만은 아님을 깨닫게 되지. 내 집과 만난 건 결코 우연이 아니야. 그저 집이 아름다워서 계속 살고 있는 것도 아니지. 그게 바로 '내 집', '내 정원'이기 때문이야. 조개껍데기가 조개의 일부이듯, 집과 정원도 사람의 일부란다. 분비물로 만들어진 껍데기, 그 나선형 무늬 안에 조개의 역사가 새겨지지. 마찬가지로 나의 껍데기, 나의 집은 내 모든 것을—내 존재와 기쁨과 슬픔까지도—감싸 안는단다. 내가 죽고 난 후에도 그것들은 껍데기 안에 남아 있겠지.

어제는 책 읽기가 싫어서 텔레비전을 보았어. 봤다기보다는 듣고 있었다는 편이 맞겠구나. 삼십 분도 지나지 않아서 졸기 시작했으니까. 기차에서 졸면서 다른 여행객들의 대화를 듣듯이, 드문드문 텔레비전 소리를 주워들었지. 현대의 종교 분파들을 다룬 프로그램 같았어. 수많은 사람들의 인터뷰 가운데, 유독

'카르마*'라는 단어가 귀에 박히더구나. 문득 고등학교 때 철학 선생님이 생각났지.

그분은 젊고, 시대에 대한 저항 정신이 투철하셨어. 쇼펜하우어를 강의하다가 가끔 동양철학에 대해서도 말씀해주셨지. 그리고 카르마 개념에 대해서도 알려주셨어. 그 당시엔 별 관심이 없어서 한 귀로 듣고 한 귀로 흘려보냈지만.

오랫동안 내 마음 깊은 곳에는 아주 불분명한 개념 하나가 자리해 있었단다. 눈에는 눈, 이에는 이, 혹은 인과응보랄까. 하지만 그걸 카르마와 연결시키는 건 생각도 못했었지. 그런데 어느 날 네가 다니던 유치원의 교장 선생님이 너의 이상행동 때문에 나를 불렀을 때, 갑자기 두 가지가 저절로 연결되었어.

넌 유치원을 발칵 뒤집어놓았더구나. 이야기 시간에 뜬금없이 너의 전생에 대해 말하기 시작한 거야. 처음엔 선생님들도 어린 아이들의 엉뚱한 행동일 뿐이라고 대수롭지 않게 여겼지. 네 이

• 산스크리트어, karma, 불교에서는 '업'(業)이라고 한다. 중생이 몸과 입과 뜻으로 짓는 선악의 소행을 말하며, 혹은 전생의 소행으로 말미암아 현세에 받는 응보를 가리킨다.

야기를 무시하면서 앞뒤에 안 맞는 점을 지적하기 시작했어. 그런데도 넌 굴하지 않고 아무도 들어보지 못한 낯선 언어를 중얼거리기까지 했다더구나. 그런 일이 세 번이나 반복된 후에, 교장선생님이 날 호출한 거야. 그녀는 네 장래를 위해서 아동심리학자를 만나보라고 권하더구나.

ㅡ아이가 큰 상처를 입은 것 같아요. 어쩌면 지극히 당연한 행동이죠. 지금 현실을 회피하려는 거예요.

물론 난 널 심리학자에게 데려가지 않았어. 내가 보기에 넌 아주 행복한 아이였으니까. 난 너의 환상이 마음의 병 때문이 아니라, 완전히 새로운 세계 때문이라고 믿고 싶었다. 너에게 이 일에 대해 말해보라고 한 적도 없지만, 너 자신도 그 일들을 다시 입밖으로 꺼내지 않았어. 아마 넌 선생님들을 경악시킨 바로 그 순간 네 이야기를 기억 속에서 지워버렸는지도 모르지.

최근엔 카르마, 혹은 전생 이야기가 유행처럼 되어버렸어. 예전엔 몇몇 사람들만의 주제였는데, 지금은 누구나 이야기하지. 얼마 전에 신문을 보니 미국에는 윤회를 믿는 단체까지 있다더라. 거기 사람들은 모여서 자신의 전생에 대해서 이야기한다는구나. 어떤 주부는 이런 말을 했대.

　-난 19세기 뉴올리언스에서 거리의 여자로 살았죠. 그래서 지금 남편에게 충실할 수 없는 거예요.

　어떤 주유소 직원은 자신이 인종차별주의자가 된 걸 전생 탓으로 돌리더구나. 전생에 17세기 아프리카 원정대의 일원이었는데 그때 반투족에 잡아먹혔다나. 얼마나 말도 안 되는 소리니? 자신만의 뿌리를 잃은 뒤, 사람들은 불확실한 현재의 원인을 지나간 과거 속에서 찾고 있는 거야. 윤회라는 게 이런 의미는 아닐 텐데 말이야.

　유치원 사건 이후 널 조금이라도 더 이해하기 위해 많은 책을 읽었단다. 그중 어떤 글에서, 전생을 자세히 기억하는 아이들은 이전 생에서 요절했거나 갑자기 죽음을 당한 사람들이라고 하더구나. 내가 이 얘기를 믿었던 건 네가 갖고 있던 특이한 강박증 때문이었지. 가스 파이프가 새고 모든 게 폭발해버릴지도 모른다는 두려움. 네 어린 시절의 경험만으로는 설명되지 않는 증상이었지.

　넌 피곤하거나 걱정스러울 때, 혹은 잠에 취해 있을 때 공포에 시달리곤 했지. 네가 무서워했던 건 도깨비나 마녀, 괴물이 아니라, 온 세계가 어느 순간 폭발해버릴지도 모른다는 거였어. 한밤중에 두려움에 떨면서 내 방으로 찾아오는 너를 달래 침대까지 데려다주곤 했지. 그러면 넌 내 손을 잡은 채 해피엔딩인 이야기를 들려달라고 졸랐어. 난 네가 주문하는 그대로 이야기를 만들어주었단다. 이야기를 한 번, 두 번, 세 번 되풀이하는 동안 너는 조금씩 진정되어 갔지. 그러고는 졸린 목소리로 말했어.

　-그래서 어떻게 됐어? 정말 항상 그렇게 끝나?

　난 너의 이마에 입을 맞추고 나서 말했단다.

　-다르게 끝날 수는 없단다, 얘야. 맹세하마.

　평소에 어린아이와 늙은이가 같이 자는 건 좋지 않다고 생각해왔지만, 어떤 날에는 널 네 침대로 돌려보내고 싶은 마음이 들지 않더구나. 그럴 땐 네가 온 걸 느끼자마자 네 쪽으로 돌아눕지도 않은 채 널 안심시켰어.

　-다 괜찮아. 아무것도 폭발하지 않아. 어서 가서 자렴.

　나는 다시 잠든 척 했지. 넌 한참 동안 내 침대 옆에 가만히 서 있다가 내 옆으로 살며시 기어들어 왔어. 그러고는 이내 지쳐서 잠이 들었어. 엄청난 두려움에 떨다가 마침내 따뜻한 굴을 발견한 생쥐처럼. 새벽녘에 잠들어 있는 너를 살며시 안아다가 다시 네 침대에 뉘였지. 아침에 일어났을 때 넌 아무것도 기억하지 못하더구나. 심지어 지난밤 내내 네 침대에서 잤다고 굳게 믿기까지 했지.

그럴 때 지난밤에 일어났던 일을 얘기해주면서 조용히 타일렀지.

-이 집이 얼마나 튼튼한지 아니? 벽도 이렇게 두꺼운데 폭발할 리가 있겠어?

하지만 그 말도 너를 안심시키진 못했어. 넌 눈을 크게 뜨고 말했지.

-모든 건 다 폭발할 수 있어.

네가 어쩌다 그런 공포를 갖게 되었는지 정말 궁금하구나. 그 '폭발'이란 대체 뭘까? 네 엄마에 대한, 그 갑작스런 죽음에 대한 기억일까? 유치원 선생님들에게 이야기했던 전생에서 일어난 일일까? 아니면 이 두 가지가 네 기억 속에서 뒤섞인 걸까? 누가 알겠니. 난 인간의 정신세계는 밝혀진 부분보다 아직 밝혀지지 않은 부분이 더 많다고 믿는단다. 내가 읽은 어떤 책에서는 전생 개념에 익숙한 인도나 동양의 아이들이 전생을 훨씬 더 많이 기억한다고 써 있더구나. 난 그 말을 믿는다. 이런 상황을 상상해보렴. 내가 우리 어머니에게 찾아가서 갑자기 알아들을 수 없는 다른 나라의 언어로 이야기를 한다거나, "난 엄마가 싫어. 전생의 엄마와는 훨씬 더 잘 지냈단 말이야"라고 말한다면, 나는 그날로 정신병원에 수용되겠지.

흔히들 운명은 환경과 유전에 의해 결정된다고 하지. 그렇다면 운명으로부터 벗어날 방법이 있긴 한 걸까? 모르겠구나. 이전 세대에서 다음 세대로 유전되고 또 유전되다가, 어느 순간 좀 더 높은 곳으로 올라가려고 온 힘을 다하는 사람이 나타날 수도 있겠지. 끝없는 운명의 고리를 끊고 새로운 공기를 받아들이는 것. 이것이 삶의 순환이 가진 작은 비밀일 거야. 작지만 아주 강하고, 불확실하기 때문에 더욱 두려운 비밀.

내 어머니는 열여섯에 결혼했고, 열일곱에 나를 낳으셨단다. 내 어린 시절을 통틀어, 아니 전 생애를 통틀어 어머니가 내게 애정 표현을 했던 적은 단 한 번도 없었어. 어머니는 사랑해서 결혼한 것도 아니었어. 그녀는 부유하긴 했지만 유태인이었고, 게다가 개종까지 했기 때문에 귀족 작위에 목말라 있었지. 그래서 스스로에게 결혼을 강요했던 거였어. 아버지는 어머니보다 나이가 훨씬 많았고 음악을 사랑하는 귀족이었지. 엄마의 노래 솜씨에 반했다고 해. 하지만 가문의 대를 이을 자손을 낳은 후, 두 분은 남은 세월을 경멸과 복수심 속에서 보냈지. 어머니는 자기에게도 잘못이 있다고는 꿈에도 생각하지 않은 채 불만과 원한 속에서 살다가 돌아가셨어. 자신에게 좀 더 좋은 기회를 주지 않은 잔인한 세상을 탓하면서 말이야. 나는 어머니와 너무나 달랐어. 일곱 살 때부터 이미 정신적으로 독립했던 나는 그런 어머니가 참 싫었어.

난 어머니 때문에 너무 괴로웠어. 어머니는 항상 겉으로 완벽해 보이려 애쓰느라 안절부절못했지. 그 거짓된 '완벽함' 때문에 난 늘 내 자신이 나쁜 아이라고 여겨졌고, 고독해졌단다. 나도 처음엔 어머니처럼 완벽해지려고 노력했지만, 결과는 언제나 괴상하고 비참했지. 노력할수록 더 불편해졌어. 자기 자신의 진짜 모습을 부정하기 시작하면 결국 자기 경멸에 빠지고 그게 분노로 이어지지. 어머니의 관심이 오직 겉치레에만 쏠려 있다는 걸 알았을 때, 내가 어떤 아이인가를 알려 하지 않고, 오직 그녀가 바라는 바람직한 아이로 만들려고 했을 때, 그때부터 난 가슴속 깊이 어머니를 증오하기 시작했어. 늘 내 방 한구석에 처박혀서 말이야.

그 미움으로부터 헤어나오기 위해서 난 나만의 세계에 빠져들었어. 밤이면 램프를 침대 커버로 덮은 채 그 속에서 모험소설들을 읽곤 했단다. 난 공상을 좋아했어. 해적이 되어 중국해를 떠다니면서 가난한 아이들에게 약탈한 물건들을 나눠주는 꿈을 꾸기도 했지. 그 뒤로는 더 적극적으로 남을 돕는 꿈을 꾸었지. 의사가 되어 아프리카에 가서 흑인 아이들을 도와주어야겠다고 생각하기도 했어. 열네 살 때 고고인류학자인 슐리만의 전기를 읽고는 의사의 꿈을 포기했지. 고고인류학자가 좋아져버렸거든. 내가 꿈꾸었던 그 수많은 직업들 중에 고고인류학자가 가장 좋은 선택이었다고 지금도 믿고 있단다.

사실 그 꿈을 이루기 위해 아버지와 딱 한 번 다툰 적이 있었

어. 나는 아버지에게 고전 연구를 하는 고등학교에 보내달라고
했지. 아버지는 말도 안 되는 소리라고, 다 부질없는 짓이라고 하
셨어. 뭔가를 꼭 배우고 싶으면 차라리 현대 외국어를 배우라고
하셨지. 하지만 결국엔 내가 이겼어. 원하는 고등학교를 졸업하
고 나서, 이번엔 로마에 있는 대학에 가고 싶다고 하자 아버지의
대답은 단호했어.

 -그 문제에 대해선 더 이상 아무 얘기도 하지 마라.

 난 당시의 관습에 따라 군말 없이 복종해야 했어. 젊은 사람들
은 가끔 한 번의 전투에서 이기고는 전쟁에서 완전히 승리했다
고 믿지. 하지만 착각이란다.

 지금 생각하면, 내가 계속 고집을 부리며 싸웠다면 아버지도
결국 양보하지 않았을까 싶기도 해. 아버지가 무조건 안 된다고
했던 건 당시 문화에 비춰봤을 때 당연한 행동이었어. 그 시대엔
어느 누구도 젊은이들이 스스로 결정을 내릴 수 있다고 믿지 않
았으니까. 젊은이들이 자기 생각대로 행동하기 위해서는 끊임없
는 시험을 통과해야만 했지. 그런데 난 첫 번째 단계에서 항복해
버렸으니, 부모님 눈에는 내 소망이 그리 간절해 보이지는 않았

을 거야. 단지 시간이 흐르면 지나가게 마련인 일시적인 환상으로 보였겠지.

.

나의 어머니, 아버지에게 어린아이를 키운다는 건 사회적 책임에 불과했던 것 같아. 그들은 나의 내면적인 성장에 대해서는 조금도 관심이 없었지만, 매너 교육만은 가혹하고 엄격했지. 난 식탁에 앉을 때 늘 팔꿈치를 양옆구리에 대고 등을 꼿꼿하게 세워야 했어. 그때 내가 떠올릴 수 있는 생각이란 '어떻게 하면 이 삶을 쉽게 끝낼 수 있을까' 하는 것뿐이었단다. 하지만 내가 이런 생각을 하는 것조차 부모님들에게는 중요하지 않았을 거야. 그들에게 중요한 건 겉치레뿐이었으니까.

그렇게 난 기쁨과 슬픔을 느끼며 사랑받고 싶어 하는 '인간'이 아니라, 잘 훈련된 한 마리 원숭이로 키워지고 있다고 느꼈단다. 외로웠지. 내 속의 외로움은 점점 커져서 나를 완전히 에워싸고 말았어. 난 진공상태에 빠진 것처럼 느리고 괴롭게 움직였지. 답도 모르는 질문들로 스스로를 괴롭히면서 외로움은 더 커졌어.

대여섯 살 때부터 난 주위를 둘러보며 스스로에게 묻곤 했지. 난 왜 여기 있는 거지? 나는 어디에서 왔고, 내 주위의 모든 것들은 다 어디에서 왔을까? 이 다음에는 뭐가 있을까? 이 모든 것들이 내가 존재하기 전에도 있었고, 앞으로도 영원히 존재할까? 예민한 어린아이들이 복잡한 세상과 마주쳤을 때 던질 수 있는 모든 질문들을 다 했던 거야.

난 어른들도 나와 똑같은 의문을 품을 것이고, 그 답도 알고 있을 거라고 믿었지. 하지만 어머니와 유모에게 두세 번 이런 질문을 해보고는 곧 알아차렸어. 그들은 답도 모를 뿐만 아니라 애초에 그런 질문을 해본 적도 없다는 걸.

그렇게 고독감은 커져만 갔어. 모든 문제는 나 스스로 풀어야만 했지. 시간이 지날수록 모든 것들이 궁금해졌고, 질문들은 점점 더 커지고 무서워졌지. 질문을 떠올리는 것만으로도 두려워졌단다.

내가 처음으로 '죽음'을 접한 것은 여섯 살 무렵이었어. 아버지는 아르구스라는 사냥개를 키우고 있었는데, 순하고 다정한 녀석이어서 곧잘 내 놀이친구가 되어주곤 했지. 나는 아르구스에게 진흙 잡초 파이를 만들어서 먹이거나, 미용실 놀이를 하면서 오후를 보냈어. 아르구스는 반항하지 않고 내가 해준 머리핀을 꽂고 정원을 돌아다녔지. 그런데 어느 날 아르구스에게 새로운 머리스타일을 해주려다가 녀석의 목이 커다랗게 부풀어 오른 걸 보았어. 이미 몇 주 전부터 녀석은 뛰지도 않았고, 내가 간식을 먹을 때 먹이를 달라고 헐떡거리지도 못하는 상태였지.

어느 날 학교에서 돌아와 보니 문 앞에 아르구스가 없는 거야. 처음엔 아버지와 함께 어디 갔으려니 생각했어. 하지만 아버지는 서재에 계셨고 아르구스는 거기 없었어. 불안해진 나는 목이 터져라 아르구스를 부르며 온 집 안과 정원을 다 뒤졌어. 밤이 되어 부모님에게 굿나잇 키스를 하러 들어갔을 때, 용기를 내어 아버지에게 물었지.

-아르구스는 어디 있어요?

아버지는 신문에서 눈도 떼지 않은 채 대답했어.

-가버렸어.

-왜요?

-네 장난들 때문에 너무 지쳐서겠지.

어떻게 이런 말을 할 수 있었던 걸까? 야비함, 천박함, 사디즘? 아버지의 대답을 듣는 순간, 내 안에서 뭔가가 산산조각 나버렸어. 난 밤에도 잠들지 못하고, 낮에는 아주 사소한 일에 울음을 터뜨렸지. 한 달 후에 소아과 의사가 진료를 오더구나.

-아이가 완전히 탈진했군요.

그는 이렇게 말하면서 내게 간유를 조금 먹였지. 누구도 내가 왜 잠을 이루지 못하는지, 왜 아르구스가 갖고 놀던 공을 지니고 다니는지는 묻지 않았어.

이 사건을 계기로 난 성년기에 접어들었어. 여섯 살에? 그래, 겨우 여섯 살에 난 어른이 된 거야. 내가 못되게 굴어서 아르구스가 죽었다, 내가 어떤 짓을 하건 주변의 것들이 그 영향을 받는다…… 내 행동 때문에 내가 사랑하는 것들이 부서질 수도, 사라질 수 있다는 걸 깨달은 거야.

나는 또다시 실수할까 두려워서 점점 냉담해지고 우유부단해지고 둔해져 갔어. 밤이면 아르구스의 공을 손에 꼭 쥐고 울면서 기도했지.

-아르구스. 제발 돌아와 줘. 내가 나쁜 짓을 하긴 했지만 그 누구보다 너를 사랑해.

아버지가 다른 강아지를 데려왔지만 난 쳐다보지도 않았어. 그 강아지는 나에게 완전히 낯선 존재였고, 그렇게 남아야만 했어.

그 당시 어린아이들에 대한 교육은 어떤 면에서 굉장히 위선적이었단다. 언젠가 아버지와 함께 산책을 하다가 담장 밑에서 죽은 울새를 발견했지. 나는 하나도 무섭지 않았어. 그걸 들어서 아버지에게 보여주었지.

-내려놓아라!

아버지가 갑자기 소리쳤어.

-잠자고 있는 게 안 보이니?

사랑과 마찬가지로 죽음 역시 결코 입 밖으로 내서는 안 되는 주제였지. 나에게 아르구스가 죽었다고 직접적으로 말해줬더라면 훨씬 좋지 않았을까? 아버지는 나를 안고 이렇게 얘기할 수도 있었을 텐데.

-아르구스가 병이 들어 너무 고통스러워하기에 내가 죽였단다. 지금 있는 곳에선 훨씬 행복할 거야.

물론 그럼 난 더 많이 울고 더 많이 슬퍼했겠지. 몇 달이고 아르구스가 묻힌 곳에 가서 녀석에게 말을 걸었을 거고. 그렇게 천천히, 하지만 확실히 아르구스를 잊을 수 있었겠지. 다른 것들에 애정을 쏟으면서 말이야. 그랬다면 아르구스는 내 어린 시절의 사랑스러운 기억으로 남을 수 있었을 거야. 하지만 아르구스는 작은 죽음으로 내 안에 깊이 자리 잡고 말았단다.

그래서 내가 여섯 살에 어른이 되었다고 한 거야. 그 나이에 기쁨보다는 불안을, 호기심보다는 무관심에 익숙해졌지. 내 부모님이 괴물처럼 느껴지니? 그건 절대 아니야. 당시 기준으로 보자면 지극히 정상적인 사람들이지.

어머니는 노인이 된 후에야 자신의 어린 시절 이야기를 들려주셨어. 내 할머닌 어머니가 어렸을 때 돌아가셨대. 할머니가 돌아가시기 삼 년 전에 아들, 그러니까 엄마의 오빠가 폐병으로 죽었어. 할머니는 아들이 죽은 뒤 곧바로 임신을 하고 아이를 낳았지. 그 아이는 딸이었던 데다가 하필 아들이 죽었던 날짜에 태어난 거야. 그렇게 두 가지 불행한 우연 속에 태어난 내 어머니는 젖을 떼기 전에 상복부터 입어야 했단다. 아기의 요람 위에는 오빠의 커다란 초상화가 걸려 있었어. 눈을 뜰 때마다 어머니는 자신이 오빠의 빛바랜 복사물에 불과하다는 생각이 들었지. 이해할 수 있겠니? 이쯤 되면 냉정하고, 바보 같은 선택 때문에 평생을 외롭게 살았다고 어떻게 그녀를 비난할 수 있겠니. 이렇게 어머니의 어머니, 또 그 어머니의 어머니 이야기를 거슬러 올라가다 보면 또 어떤 새로운 사실들을 알게 될까?

불행은 보통 모계를 따라 이어져 내려온단다. 비정상적인 유전자처럼 엄마에게서 딸로 전해져 오는 거야. 그러면서 불행은 약해지기는커녕 더욱 강해지고 뿌리 뽑을 수 없을 만큼 더욱 깊어지지.

그 시대에 여자와 남자는 아주 다른 삶을 살았지. 남자들에게는 직업도 있고, 정치도 있고, 전쟁도 있었어. 에너지를 분출할 수 있는 곳이 많았던 거야. 하지만 여자들은 아니었지. 수많은 세대에 걸쳐 우리는 침실과 부엌과 욕실에만 갇혀 있었어. 그곳에서 똑같은 분노와 불만에 수백만 번도 더 괴로워했지. 갑자기 폐

미니스트가 되었냐고? 아니야. 난 단지 이 모든 것 뒤에 무엇이 숨겨져 있는지를 명확히 보려고 할 뿐이야.

성모마리아 승천 축일날 밤, 바다 위로 쏘아 올리는 불꽃놀이를 보러 갔던 일 생각나니? 가끔씩 높이 올라가기도 전에 꺼져버리고 마는 폭죽들이 있었지. 내 어머니의 삶, 할머니의 삶, 그리고 내가 아는 많은 여자들의 삶을 생각할 때 떠오르는 이미지가 바로 그런 거란다. 하늘 높이 올라가지도 못하고 낮은 데서 칙 하며 꺼져버리는 불꽃.

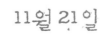

11월 21일

갈림길에 선다는 건
다른 수많은 사람들의 인생과 맞부딪히게 된다는 뜻이란다.
그들과 합쳐지게 될 것인지, 끝내 모른 채 지나치게 될 것인지는
오직 순간의 선택에 달려 있지.
네 자신도 의식하지 못하는 발걸음에 따라
너와 네 곁에 있는 사람들의 인생이 달라질 수도 있단다.

만초니*는 그의 소설 『약혼자』를 쓰면서 등장인물들을 만날 수 있다는 생각으로 아침마다 즐겁게 깨어났다고 해. 하지만 난 그렇지 못하구나. 긴 세월이 흘렀지만 내 가족에 대해 이야기하는 것이 전혀 즐겁지 않구나. 내 기억 속의 어머니는 터키 병사처럼 꼼짝도 하지 않고, 적의에 가득 찬 표정으로 서 있을 뿐이니까.

　오늘 아침, 어머니와 나, 나와 내 기억 사이에 뭔가 새로운 공기를 불어넣고 싶어서 정원을 거닐었다. 밤새 비가 내렸더구나. 서쪽 하늘은 청명한데, 집 뒤편엔 여전히 자주색 구름이 뒤덮여 있었어. 난 소나기가 시작되기 직전에 안으로 들어왔지. 갑자기 천둥이 치고 집 안이 깜깜해져서 불을 켰단다. 번개가 칠까 걱정

　• 이탈리아의 시인이자 소설가이며 극작가로 이탈리아 낭만주의 최고의 작가이다. 역사소설 『약혼자』는 이탈리아 근대소설의 선구가 되었다.

돼서 텔레비전과 냉장고의 전원을 뽑았지. 손전등을 주머니에 넣고 편지로나마 널 다시 만나기 위해 부엌으로 왔단다.

하지만 자리에 앉자마자 준비가 되지 않은 걸 알았지. 공기 중에 너무 많은 전류가 흐르는 듯 생각들이 불꽃처럼 이리저리 튀어다녔어. 할 수 없이 일어나 겁 없는 버크를 데리고 집 안을 돌아다녔단다. 네 할아버지와 함께 쓰던 방, 지금은 내가 쓰고 있지만 예전에는 네 엄마가 썼던 방, 오래전에 비어버린 식당을 거쳐서, 마지막으로 네 방에 들어갔지. 이곳저곳을 살펴보면서 우리가 처음 이 집에 이사 왔을 때가 생각났단다. 난 이 집을 좋아하지 않았어. 내가 아니라 내 남편 아우구스토가 서둘러 고른 집이었지. 보금자리가 급하게 필요했던 우리는 오래 기다릴 여유가 없었어. 널찍했고 정원이 딸려 있었으니 그만하면 필요조건은 갖춘 셈이었지.

처음 문을 열고 들어왔을 때, 난 이 집 스타일이 형편없다고 생각했어. 겉모양이나 색상에 조화로운 구석이 하나도 없었지. 어떤 방향에서 보면 스위스 산장 같았고, 다른 쪽에서 보면 크고 둥근 창과 계단식 지붕 때문에 운하를 끼고 있는 네덜란드 집 같기도 했지. 멀리서 보면 제각각으로 생긴 일곱 개의 굴뚝 때문에 동화 속의 집 같을지도 모르겠다. 이 집은 1920년대에 지어졌지만 그 시대의 집들하고는 비슷한 구석이 하나도 없었지. 그게 나를 불안하게 만들었고, 내 가족들이 살아가는 나의 집이라고 생각하기까지는 긴 시간이 필요했어.

네 방에 들어선 순간, 아주 가까이서 번개 하나가 내리쳤어. 손전등을 켤까 하다가 난 그냥 네 침대에 누웠단다. 밖에는 세찬 비와 함께 바람이 불고, 안에서는 삐걱거리는 소리, 쿵 하는 작은 소리, 맞물린 나무들이 삐걱거리는 소리가 들려왔어. 잠시 눈을 감자, 이 집이 잔디밭 위를 유유히 항해하는 범선처럼 느껴졌어. 점심 무렵까지 폭풍우는 잦아들지 않았고, 나는 창 너머로 호두나무의 커다란 가지 두 개가 부러진 것을 보았단다.

이제 다시 나의 전쟁터인 부엌으로 돌아와 있단다. 밥을 먹고 설거지를 했어. 버크는 아침나절의 흥분에 지쳐서 지금은 내 발치에서 잠들어 있단다. 버크는 나이가 들면서 폭풍우를 심하게 두려워하게 되었어. 회복하기 힘들 정도로.

네가 유치원에 다닐 무렵 어느 책에서 읽은 건데, 현재의 가족은 전생에서 결정된다는 글을 읽었지. 지금의 부모는 전생에서 우리가 더 많은 것을 이해할 수 있도록, 조금씩 앞으로 나아가도록 도와준 사람이라는 거야. 하지만 나는 궁금했어. 정말 그렇다면 수많은 세대를 거치는 동안 세상은 왜 정지해 있는 거지? 왜 우리는 앞으로 나아가지 못하고 뒤로 퇴보하고 있는 거지?

얼마 전 신문의 과학 면에서 진화의 방식이란 게 일반적인 상식과는 많이 다르다는 기사를 읽었어. 최신 이론에 따르면 진화가 점진적으로 진행되는 게 아니라는 거야. 긴 세대에 걸쳐, 아주 조금씩 발톱이 길어지고 부리의 모양이 변하는 게 아니라, 어떤 세대의 새끼가 태어날 때 모든 게 갑자기 달라진다는 거지. 지금까지 발굴된 뼈들 중에 '중간 형태'라는 게 없다는 거야. 할아버지는 이렇게 생겼는데, 손자는 저렇게 생긴 셈이지. 한 세대와 다음 세대 사이에 도약이 일어난 거야. 만약 외형뿐 아니라 사람들의 내면도 이런 식으로 변한다면 어떻게 될까?

변화는 소리 없이 천천히 쌓였다가 어느 한순간 폭발해버리지. 그래서 어떤 이는 갑자기 일상의 궤도에서 벗어나 전혀 다른 삶을 살기도 해. 운명, 유전, 양육, 하나가 시작되고 다른 하나가 끝나는 곳은 어디일까? 이 미스터리를 곰곰이 생각하다 보면 정말 놀라게 될 거야.

내가 결혼하기 직전에, 고모의 점성술사 친구가 내 별자리점을 쳐주었단다. 어느 날 고모가 내 손에 종이 한 장을 쥐어주면서 말했어.

-이것 봐. 이게 네 미래야.

기하학적인 도형과 여러 행성들을 이어주는 선들이 복잡한 각을 이루고 있었어. 전혀 조화롭지도, 연속적이지도 않은 그림이었지. 비약과 굴곡이 너무 심해서 통제할 수 없겠다는 인상을 받았지. 종이 뒷면에 이런 말이 씌어 있었어.

-힘겨운 인생길, 그 길을 끝까지 가려면 온 힘을 다해 당신 자신을 사랑해야만 합니다.

난 큰 충격을 받았단다. 그때까지만 해도 내 인생은 지극히 평범해 보였으니까. 물론 문제가 있긴 했지만 그렇게 심각하지는 않았고, 젊은 날 누구나 거치는 작은 어려움 정도라고 생각했지. 그 후 어른이 되고, 아내가 되고, 엄마가 되고, 할머니가 될 때까지 난 언제나 평범하게 살았어. 적어도 겉으로 보기엔 말이다. 유일하게 평범하지 않았던 사건은 네 엄마의 비극적인 죽음이었지. 하지만 내 삶을 꼼꼼히 되짚어보니 그 별점이 틀린 것만은 아니었어. 중산층 여성의 평범한 일상, 그 견고한 표면 밑에선 무언가 끊임없이 요동치고 있었으니까.

난 마치 내 자신이 시간이 빨리 흐르기만 바라며 자리를 지키고 서 있는 보초병인 것처럼 느껴졌어. 그런 생각이 들 때면 절망스러웠단다. 시대가 변하고, 사람도 변하고, 나를 둘러싼 모든 것들이 변하는데 혼자만 정지해 있는 것 같아 숨이 막혔지.

하지만 네 엄마의 죽음으로 내 단조로운 제자리 행진도 마침표를 찍었다. 이미 알고는 있었지만, 내 자신이 더욱더 형편없이 느껴졌지. 아주 조금씩 앞으로 나아가고 있다고 믿었는데, 사실은 거꾸로 가고 있었고, 마침내 가장 낮은 곳까지 내려갔던 거야. 더 이상 견뎌낼 수 없을 것만 같았어. 지금껏 세상에 대해 조금씩 이해해온 것들이 단번에 날아가 버린 것 같았어. 하지만 그 상태로 계속 머물러 있을 수는 없었지. 산목숨은 어쨌든 살아야 하니까.

내가 살아야 하는 이유는 바로 너였어. 나에게 왔을 때, 너는 너무 작고, 무방비한 상태였지. 세상에 나 말고는 의지할 데가 없는 너는 그렇게 이 슬프고 고요한 집에 와서 때로는 웃음으로 때로는 울음으로 이곳을 가득 채웠지. 테이블과 소파 사이를 왔다 갔다 하며 노는 너를 보면서 모든 게 끝난 것만은 아니구나 생각했었어. 우연이 가져다준 이 너그러운 배려에 난 다시 한번 힘을 낼 수 있었단다.

우연……. 한번은 모르푸르고 부인의 남편이 히브리어에는 이런 단어가 없다고 알려줬단다. 그 비슷한 뜻을 가진 다른 말을 쓰려면 '위험'이라는 말을 써야 한다는구나. 우습지 않니? 하지만 한편으로는 안심이 되기도 했지. 신이 있는 곳에 우연이란 있을 수 없다는 거야. 저 높은 곳에 있는 신께서 모든 것을 질서정연하고 규칙적으로 만들어놓으셨으니까. 히브리인들은 자신에게 일어나는 모든 일에는 반드시 어떤 이유가 있다고 믿고 있대. 하지만 난 그런 사람들이 부러워. 그들에게 선택이란 참 쉬운 일일 테니까. 하지만 난 아무리 노력해도 그런 믿음을 이틀 유지하기가 어렵더구나. 이 세상을 살면서 만나게 되는 두려운 일들, 옳지 못한 일들을 생각할 때마다 난 늘 뒷걸음질치게 된단다. 분명 이유가 있기 때문에 일어났을 거라고 정당화할 수도 없고, 위험에 맞설 기회를 주셨다고 신에게 감사를 드릴 수도 없었어. 그래서 난 언제나 반항심과 분노로만 가득 차 있었지.

이제 나도 정말 위험한 행동을 한번 저질러 볼까 해. 너에게 키스를 보내는 거지. 네가 이런 걸 얼마나 싫어하는지 잘 안다. 키스 역시 너의 단단한 껍데기에 부딪혀 테니스공처럼 튕겨 나가겠지. 하지만 네가 좋아하든 싫어하든 나는 키스를 보낸다. 이미 투명하고 가벼운 내 키스가 드넓은 바다 위를 날아가고 있겠지.

무척 피곤하구나. 지금까지 내가 쓴 글들을 다시 읽어보았단다. 읽는 내내 아주 불안했어. 네가 과연 이해할 수 있을까? 내 머릿속에는 수많은 생각들이 가득 차 있어. 바겐세일 때 몸싸움을 벌이는 아줌마들처럼 생각들이 서로 먼저 밖으로 나가겠다고 싸우는구나. 난 한 번도 생각을 논리적으로 정리해본 적이 없단다. 대학을 안 다녔기 때문에 그런 것 같기도 해. 책도 많이 읽고 사물에 대한 호기심도 강하지만, 생각이 언제나 이곳저곳에 흩어져 있지. 옷감에 대한 생각 조금, 오븐에 대한 생각 조금, 내 감정에 대한 생각 조금, 이런 식으로 말이야.

식물학자라면 들판을 걸을 때 조직적이고 정확하게 꽃을 채집하고, 자신이 관심 있는 것을 쏙쏙 골라낼 수 있겠지. 어떤 것은 고르고 어떤 것은 버릴지, 식물들 간에 어떤 관계가 있는지 밝혀내기도 하면서. 하지만 평범한 여행자가 같은 들판을 걷는다면 좀 다를 거야. 그냥 색이 좋아서, 향기가 좋아서, 아니면 단지 길가에 피어 있기 때문에 무심코 꽃을 꺾겠지. 나는 바로 이런 방식으로 지식을 모았단다. 네 엄마는 그런 나를 항상 비난했어. 일단 말다툼이 시작되면 언제나 내 쪽에서 먼저 항복해버렸지.

―엄만 자기주장이 전혀 없어요. 다른 부르주아들처럼, 엄마는 자신의 신념을 어떻게 지켜야 할지 전혀 몰라요.

네가 변한 것이 격렬한 불안감 때문이었다면, 네 엄마를 변화시킨 건 이데올로기였지. 그 애는 내가 중대한 문제가 아닌 사소한 것들에 대해서만 이야기한다고 나를 비난했어. 날 '반동'이라고 부르기도 하고, 부르주아의 환상에 오염돼 있다고도 했어. 그애가 보기에 난 부자였고, 그렇기 때문에 사치에 빠져서 악한 사람이 되었다는 거야.

만약에 인민재판이 열리고 네 엄마가 재판장이라면, 그 애는 틀림없이 나에게 사형을 선고했을 거야. 오두막집이나 허름한 교외의 아파트에 살지 않고 정원이 딸린 꽤 큰 집에서 산다는 게 내 죄목이겠지. 거기다 둘이 먹고 살 수 있을 만큼의 유산을 상속받았으니 말이야.

　하지만 내 부모의 잘못을 반복하고 싶지 않았어. 그래서 네 엄마의 말에 늘 귀를 기울이려 노력했단다. 물론 그 애를 비웃은 적도 없었어. 그 애의 전체주의적인 신념 때문에 외롭고 괴로웠지만 그 애한테 한 번도 말하지는 않았다. 하지만 그 애는 내 불신을 눈치채고 있었겠지.

　네 엄마 일라리아는 파두아에 있는 대학을 다녔어. 트리에스테에 있는 대학을 갈 수도 있었지만 그 애는 나와 함께 사는 걸 못 견뎌했지. 내가 파두아에 들르겠다고 할 때마다 그 애는 적의에 가득 차 침묵으로 일관했어. 공부에도 별 진척이 없는 듯했고, 누구와 함께 사는지도 알 수 없었지. 내게 절대 가르쳐주지 않았거든. 난 그 애가 얼마나 나약한지 잘 알고 있었기 때문에 너무 걱정이 되었지. 당시는 68혁명* 시기로, 과격한 학생운동과 대학 점거가 잇따라 벌어졌어. 그 애는 어쩌다 한 번씩 전화를 했는데, 그때마다 난 더 이상 그 애를 따라갈 수 없다는 생각이 들었어. 그 애는 늘 어떤 것에 미쳐 있었고, 그 대상이 매번 바뀌었지. 난 엄마로서 의무를 다하고 이해하려고 애썼지만 무척 힘들었단다. 모든 것들이 다 크게 흔들렸고 불확실했어. 새로운 사상들, 절대 가치들도 난무했지. 일라리아가 말하는 것들은 자기 의견이 아니라, 그저 '슬로건'일 뿐이었어. 난 그 애의 정신적 균형이 깨질까 걱정했지. 같은 원칙과 신념을 공유하는 사람들과 어울리면서 그 애의 오만한 기질이 더 강해질까 봐 두려웠어.

그 애가 대학에 다닌 지 육 년 째 되던 해였어. 너무 오랫동안 소식이 없어서 걱정이 된 나는 기차를 타고 그 애를 찾아갔단다.

---

* '1968년 5월'로 통칭되며, 프랑스 낭테르 대학에서 남학생의 여학생 기숙사 출입 규제에 대한 불만에서 시작된 시위가 5월 한 달간 프랑스 전역의 대학생 시위와 1천만 노동자의 파업으로 확산된 반체제, 반문화 운동이었다. 냉전과 베트남전 등의 시대적 문제와 결부되면서 그 해 미국, 독일, 체코, 스페인, 일본 등 세계의 젊은이들을 저항과 해방의 열망으로 들끓게 했다.

대학에 다니는 동안 단 한 번도 그런 적 없었지. 문을 열었을 때 그 애는 무척이나 놀라더구나. 나를 반기기는커녕 이렇게 쏘아붙였지.

－누가 엄마를 초대했죠?

그 애는 내가 대답할 시간조차 주지 않았어.

－미리 나한테 알렸어야죠. 지금 막 나가려던 참이에요. 중요한 시험이 있어요.

잠옷 차림인 걸로 봐서 틀림없이 거짓말이었지. 나는 모르는 척했단다.

－신경 쓰지 마라. 여기서 기다리마. 이따 시험 끝난 기념으로 파티나 하자꾸나.

그 애는 정말 시험이 있는 듯 나가긴 했는데, 어쩌나 서둘렀던지 책상 위에 책을 그대로 두고 나갔더구나.

혼자 집에 남은 나는 다른 엄마들이 할 만한 행동들을 했지. 호기심에 서랍을 열어보고 어떤 흔적들이 남아 있지 않은지 찾아보았어. 그 애의 인생이 어디로 흘러가고 있는지 조금이라도 알 수 있을 만한 단서들 말이야. 그 애를 감시하거나 검열할 생각은 전혀 없었어. 난 그저 너무나 두렵고 걱정되어서 그 애와 접촉할 수 있는 어떤 것이라도 발견하고 싶었던 거야. 하지만 온통 선전용 팸플릿과 문서들뿐이더구나. 편지도, 일기도 없었어. 그 애의 침실 벽에 붙은 포스터에는 이런 문구가 쓰여 있었지. '가족은 공허하면서도 자극적이다. 마치 가스실처럼.' 그게 단서라면 단서였어.

일라리아는 오후 일찍 돌아왔어. 매우 지쳐 보였지.

-시험은 어땠니?

난 최대한 다정한 어조로 물었지. 그 애는 어깨를 으쓱하며 말했지.

-만날 똑같죠 뭐.

그러고는 한참 있다가 덧붙이더구나.

-날 감시하러 온 거예요?

난 충돌을 피하고 싶었어. 그래서 재빨리, 그리고 부드럽게 대답했지. 난 단지 이야기를 조금 하고 싶을 뿐이라고.

-이야기요?

그 애는 잔인하게 되물었지.

-무엇을 얘기해요? 엄마가 아무도 모르게 여기 온 것에 대해서?

-너에 대해서 말이다, 일라리아.

나는 그 애와 눈을 마주치려 애쓰며 말했어. 그 애는 창가로 가서 시들어가는 버드나무만 계속 쳐다보았지.

-엄마한테 할 말 없어요. 난 음큼한 부르주아와 잡담할 시간이 없거든요.

그러고는 손목시계를 바라보더니 이렇게 말했지.

-중요한 미팅이 있는데 늦었어요. 그만 가주셔야겠어요.

나는 나가려다가 그 애에게로 다가가서 손을 잡았어.

-무슨 일이 있니? 뭐가 널 이렇게 괴롭히는 거야?

난 그 애의 호흡이 가빠지는 걸 느꼈단다.

-네가 이러고 있는 걸 보니 마음이 아프구나.

난 이렇게 덧붙였지.

-네가 날 거부한다고 해도 난 내 딸을 포기할 수가 없어. 널 돕고 싶어. 네가 조금이라도 다가와 주지 않으면 나도 널 도울 수가 없어.

그때 그 애의 아래턱이 떨리기 시작했어. 어린 시절 울음을 터뜨리기 직전에 그랬던 것처럼. 그 애는 자기 손을 잡아 빼더니 벽쪽으로 얼굴을 돌렸어. 긴장으로 딱딱해진 가녀린 그 애의 몸이 깊은 흐느낌으로 떨리기 시작했어. 나는 그 애의 머리를 쓰다듬었어. 이마는 펄펄 끓고, 손은 얼음처럼 차가웠지. 그 애는 갑자기 몸을 돌려 나에게 안기더니 내 어깨에 얼굴을 묻었어.

ㅡ엄마. 나, 나는……

바로 그 순간 전화벨이 울렸어.

ㅡ내버려 두렴.

난 귀에 대고 속삭였어.

ㅡ그럴 수는 없어요.

그 애는 대답하면서 눈물을 닦았어.

수화기를 들자, 그 애의 목소리는 금속성이 섞인 낯선 목소리로 되돌아갔어. 짧은 대화를 들으면서 난 뭔가 심각한 일이 벌어졌다는 걸 직감했단다. 실제로 전화를 끊자마자 일라리아는 이렇게 말했어.

ㅡ미안해요. 지금 바로 가셔야겠어요.

우리는 함께 밖으로 나왔어. 문가에서 그 애가 잠시 동안, 약간은 죄스러운 듯 나를 안아주었단다.

-아무도 날 도울 수 없어요.

날 꼭 껴안으면서 그 애가 말했지. 우린 그 애의 자전거가 있는 곳까지 함께 걸어갔어. 자전거에 올라탄 그 애가 내 목걸이를 두 손가락으로 들어 올리더니 말하더구나.

-진주네요. 엄마의 특별한 통행증이죠. 태어나서부터 쭉 이거 없인 한 발자국도 못 움직였죠? 그럴 용기가 없겠죠.

오랜 세월이 지난 지금까지도 그때 일이 자주 머릿속에 떠오른단다. 왜 그 애와 함께한 수많은 경험 중에 그 일이 가장 먼저 떠오를까? 생각하고 또 생각하던 끝에 속담 하나가 떠올랐어. "혀는 아픈 이를 건드린다." 이 속담이 그 일과 무슨 상관이 있는지 궁금하겠지. 하지만 깊은 관련이 있단다. 그때 일이 자꾸 떠오르는 건, 내가 상황을 변화시킬 수 있었던 유일한 기회였기 때문이야. 네 엄마는 나를 안고 울고 있었어. 아주 잠시 동안 그 애의 껍데기가 벌어졌고, 그 좁은 틈으로 내가 비집고 들어갈 수 있는 기회였지. 그럴 수만 있었다면 그 애의 인생에서 흔들리지 않는 중심이 되어줄 수 있었을 텐데. 물론 그러려면 아주 단호한 태도가 필요했겠지. 그 애가 가라고 했을 때도, 난 그냥 거기 머물러야 했어. 근처에 숙소를 잡고 매일 그 애를 찾아가서는 틈새가 다시 열리도록, 그 안으로 내가 들어갈 수 있도록 애써야 했어. 사실 거의 그럴 뻔했었지.

하지만 결국 난 그렇게 하지 않았어. 비겁했고, 게을렀고, 교양 있는 척했기 때문에, 그 애가 하라는 대로 하고 말았어. 나에게 늘 강요만 했던 내 어머니와는 다른 엄마가 되고 싶었지. 일라리아가 독립적으로 살 수 있도록 그 애의 자유를 존중해주고 싶었어. 하지만 어쩌면 그 애의 자유를 존중해준다는 핑계로 그 애를 보살피는 걸 포기한 건지도 몰라. 더 심하게 말하면 그 애의 골치 아픈 인생에 휘말리고 싶지 않았는지도 모르지. 그 애의 자유를 지켜줄 것인지, 아니면 그 애를 보호해줄 것인지 사이에는 아주 희미한 금이 있을 뿐이었어. 그걸 넘느냐 넘지 않느냐는 한순간의 선택이었어. 그 순간이 지나간 후에야 선택의 중요성을 깨닫고 결국 후회하게 되지.

그때 그 애의 독립이나 자유 같은 것은 생각하지 말고 즉각 개입했어야 했다는 걸 이제야 알게 되었구나. 사랑은 때로 아주 정확하고 단호한 행동을 필요로 하지. 망설이고 주저하는 건 사랑이 아니야. 난 그 애의 자유를 존중한다는 고상한 가면을 썼던 거야. 내 무관심과 비겁함을 감추기 위해서.

나이가 들어서야 운명에 대해 생각하게 되는구나. 네 나이 때에는 아무도 운명에 대해 이야기하지 않지. 모든 일들이 자기 의지대로 된다고 믿으니까. 마치 자신이 가야 할 길을 혼자 닦아나가는 일꾼처럼 스스로를 생각하는 거지. 먼 훗날에야 길은 원래부터 있었고, 누군가 나를 위해 흔적까지 남겨두었다는 걸 알게 될 테지. 우리에게 남은 건 오직 앞으로 나아가는 일뿐임을 말이다.

대개 사십 대쯤이 되면 세상에 나 혼자만의 힘으로 일어나는 일이란 없다는 걸 깨닫게 되지. 이때가 가장 위험한 순간이야. 많은 사람들이 아주 폐쇄적인 운명론에 빠지게 되거든. 하지만 운명의 실체를 완전히 알기 위해서는 좀 더 세월이 흘러야 한단다. 육십 대쯤 되면 걸어온 길이 걸어가야 할 길보다 더 길어지지. 그

럼 여태까지 보지 못했던 걸 볼 수 있어. 지금껏 걸어온 길이 직선
도로가 아니었다는 것, 끊임없는 갈림길과 걸음마다 새로운 방향
을 가리키는 표지판들이 있었다는 것을. 이쪽에서는 오솔길이 갈
라져 나가고, 저쪽에는 풀로 덮인 작은 길이 숲을 향해 가다 사라
져버리지. 우리는 미처 다른 길이 있다는 걸 깨닫지 못한 채 단 한
길만을 택해온 거야. 지나온 길이 우리를 어디로 인도할지, 더 좋
은 곳으로 데려가 줄지, 더 나쁜 곳으로 이끌어 갈지도 모르는 채
말이다. 몰랐다고 해도 후회는 남아서 우리를 괴롭히지.

'뱀 사다리' 게임 알지? 주사위를 던져서 뱀 자리에 가면 내려
가야 하고, 사다리 자리에 가면 올라가는 게임 말이야. 인생도 그
와 비슷하게 전개된단다. 올라가기도 했다가 다시 밑으로 떨어
지기도 하고, 뭔가를 이루기도 했다가 다 잃어버리기도 하고.

갈림길에 선다는 건 다른 수많은 사람들의 인생과 맞부딪히게
된다는 뜻이란다. 그들과 합쳐지게 될 것인지, 끝내 모른 채 지나
치게 될 것인지는 오직 순간의 선택에 달려 있지. 네 자신도 의식
하지 못하는 발걸음에 따라 너와 네 곁에 있는 사람들의 인생이
달라질 수도 있단다.

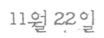

11월 22일

강해지기 위해서는 우선 자기 자신을 사랑해야 해.
자신 자신을 사랑하기 위해서는 스스로에 대해 잘 알아야 하지.
남들이 전혀 모르는 깊숙한 비밀까지도.
하지만 삶은 온갖 사건들의 연속이고
평범한 사람들은 거기에 질질 끌려 다닐 수밖에 없어.
그런데 어떻게 자신을 사랑할 수 있고 강해질 수 있다는 걸까.

어젯밤엔 날씨가 갑자기 변덕을 부렸단다. 동풍이 불어오더니 불과 몇 시간 만에 구름을 다 걷어가 버렸어. 편지를 쓰기 전에 정원을 산책했어. 여전히 거센 바람이 옷 속으로 파고들더구나. 버크는 입에 솔방울을 물고 내 곁을 신나게 종종거리며 장난을 치고 싶어 했어. 나는 기력이 달려서 솔방울을 딱 한 번밖에 던져줄 수 없었어. 조금밖에 날아가지 않았는데도 버크는 아주 즐거워하더구나. 네 장미가 괜찮은지 살펴본 후, 내가 가장 사랑하는 호두나무와 벗나무에게도 인사를 건넸단다.

내가 이 나무들을 쓰다듬을 때면 네가 어떻게 놀렸는지 기억 나니?

-뭐 해요, 할머니? 그건 말 잔등이 아니라고요.

나무를 만지는 건 다른 살아 있는 생물을 만지는 거나 마찬가지라고, 아니 사실은 더 좋다고 말하자, 넌 어깨를 으쓱하고는 발끈해서 가버렸지. 왜 더 좋으냐고? 난 버크의 머리를 쓰다듬어줄 때면, 따뜻하고 생동감이 넘치는 무언가를 느낀단다. 하지만 그 속에는 희미한 불안감도 깃들어 있지. 밥 먹을 때가 다 되었다거나, 밥 먹을 때가 아닌데도 배가 고프다거나, 아니면 네가 그립다거나, 나쁜 꿈이 생각났을 때의 흥분과 떨림 같은 것들 말이야. 개들은 사람처럼 생각도, 욕구도 너무 많아. 개도 인간도 혼자만의 힘으로 평화와 행복을 얻는다는 건 참 힘든 일인 것 같다.

하지만 나무는 달라. 싹을 틔우는 날부터 죽는 날까지 같은 자리에 고정되어 있지. 뿌리는 대지의 심장을 향해 뻗어가고, 가지와 이파리들은 하늘을 향해 뻗어간단다. 수액은 높은 곳에서 낮은 곳으로, 다시 낮은 곳에서 높은 곳으로 흐르고. 햇빛에 따라 늘어나기도 했다가 줄어들기도 하지. 비를 기다리고, 태양을 기다리고, 새로운 계절이 오기를 기다리고, 죽음을 기다리지. 자기 의지에 따라 무언가를 바꾸며 사는 게 아니라, 그저 존재하는 거야. 그게 전부지.

이제 왜 나무가 쓰다듬기에 좋은지 짐작할 수 있겠니? 나무들은 그저 굳건하게 서서, 느리게, 평화롭고, 깊게 숨 쉬기 때문이란다. 성경 어느 구절인가에 하느님은 넓은 뿌리를 갖고 계시다는 말이 나와. 다소 불경스럽게 들릴지도 모르지만 나는 하나님의 모습을 머릿속에 그릴 때마다 떡갈나무가 생각난단다.

어린 시절, 우리 동네엔 커다란 떡갈나무가 한 그루 있었어. 하도 커서 몸통을 감싸 안으려면 어른 두 사람이 필요할 정도였단다. 네다섯 살 때부터 난 그 나무를 보러 가길 좋아했지. 거기 앉아서 촉촉한 풀의 감촉과 얼굴에 불어오는 상쾌한 바람을 느끼곤 했단다. 숨을 깊이 내쉬면서 이 세상 사물들엔 숭고한 질서가 있다는 걸, 내가 보는 모든 것들이 그 일부분이라는 걸 새삼 깨닫곤 했지. 난 음악에 대해 전혀 몰랐는데도, 내 안에 있는 무언가가 노래를 부르는 것 같았어. 어떤 멜로디였는지는 잘 모르겠구나. 정확한 후렴구나 곡조도 없었지만, 심장 아주 가까운 곳에 숨을 불어넣는, 규칙적이고 강렬한 리듬이었어. 그 숨이 내 몸과 정신 속으로 반짝 퍼지며 노래를 부르는 듯했지. 나는 살아 있다는 행복 하나만으로 가득 차 있었어.

어린 아이가 그런 직관을 가지고 있었다는 게 좀 이상하게 보일 수도 있겠지. 흔히 어린아이들은 아무것도 모르고, 할 수 있는 것도 거의 없다고 생각하니까. 하지만 어린 시절이야말로 삶에서 가장 풍요로운 시기란다. 갓난아기의 눈을 한번 들여다봐. 선입견을 버리고 자세히 관찰해보라는 거야. 그 눈이 어떨 것 같으니? 텅 비어 있을까? 아니면 아주 지혜로운 노인의 눈일까? 아기들은 깊게 숨 쉬는 법을 자연적으로 터득한대. 그런데 어른이 되면서 그 능력을 잃어버리는 거지. 네다섯 살 무렵, 난 신이나 종교에 대해 전혀 알지 못했고, 신의 이름을 둘러싸고 사람들이 만들어낸 혼란에 대해서도 아는 게 없었지.

학교의 종교 수업에 널 참석시켜야 할지 말지 고민이 참 많았단다. 내 자신이 종교적 교리들과 충돌하면서 얼마나 끔찍한 상처를 입었던지, 그 생각만 하면 널 절대 참석시키고 싶지 않았어. 하지만 다른 한편으로는 교육이 지성뿐만 아니라 영혼까지도 성장시킬 필요가 있다고 생각했어. 그러던 네가 기르던 햄스터가 죽던 날, 그 문제는 자동적으로 해결되었어. 넌 죽은 햄스터를 손에 든 채 너무 당황해서 나를 올려다보았지.

-애는 지금 어디로 간 거예요?

난 그대로 되물었어.

-걔가 어디로 갔다고 생각하니?

네가 어떻게 대답했는지 기억나니?

-두 군데에 있어요. 한 부분은 여기에, 다른 부분은 저 구름 속에.

우리는 그날 오후 짧은 장례식을 치른 후 햄스터를 묻어주었지. 넌 조그만 무덤 앞에 무릎을 꿇고 앉아서 기도를 올렸어.

-행복해야 해, 토니. 언젠가 우리 다시 만나자.

내가 전에 이 얘기를 했는지 모르겠는데, 난 성모학교에서 수녀들과 함께 초등학교 시절을 보냈단다. 그 시절의 경험은 이미 흔들리고 있던 내 정신 상태에 커다란 타격을 입혔단다.

수녀들은 일 년 내내 학교 입구에 말구유와 어린 예수상을 세워놓았어. 오두막 속에는 어린 예수와 아버지, 어머니 그리고 소와 당나귀도 있었지. 주위엔 종이로 만든 산과 절벽, 양 떼들이 거기 살고 있었지. 각각의 종이 양들은 학생 한 명 한 명을 대신해 거기 있는 셈이었어. 하루 동안 품행이 바르면 나를 대신하는 종이로 만든 어린 양이 예수님의 오두막에 좀 더 가까이 갈 수 있고, 품행이 나쁘면 그만큼 멀어지는 거였지.

우리는 아침마다 그 앞을 지나치면서 내 양이 지금 어디 있나 체크해야만 했어. 오두막 반대쪽에는 아주 깊은 낭떠러지가 있었는데, 가장 품행이 나쁜 양은 두 발로 대롱대롱 매달려 있어야 했지. 여섯 살 때부터 열 살 때까지 내 삶은 종이 양의 움직임 하나에 좋아지기도 나빠지기도 했단다. 쓸데없는 말을 덧붙이자면, 사실 내 양은 늘 절벽 끝에 머물러 있었지.

나는 내가 배운 절대 계율들을 지키려고 진심으로 노력했단다. 어린아이다운 순응심도 있었겠지만, 단지 그것 때문만은 아니었어. 사람이라면 거짓말하지 않고, 자만하지 않고, 착해야 한다고 믿었기 때문이야. 그런데도 난 늘 절벽 근처를 벗어나지 못하는 어린양이었단다. 왜 그랬을까? 아주 사소하고 바보 같은 일들 때문이었어. 왜 내 양이 또 낭떠러지 근처로 자리를 옮겨야 하냐고 울면서 물으면 어머니는 내게 말했지.

-네가 어제 머리에 너무 큰 리본을 묶어서……. 네가 어제 학교에서 나오면서 혼자 노래를 부르는 걸 네 친구가 들어서…….

식사하러 가기 전에 손을 씻지 않아서…….

어머니가 나에게 그랬듯이, 학교 역시 겉치레에 신경 쓰지 않는다는 이유로 나를 혼냈던 거야. 선생님은 아이들의 심리적 안정 따위엔 관심조차 없었어. 오직 겉으로 드러나는, 말 잘 듣고 예의바른 행실에만 관심이 있었지. 어느 날 내 양이 절벽 끝에 다다랐을 때 난 울먹이며 말했어.

─그렇지만 난 아기 예수를 사랑해요.

그때 거기 있던 수녀가 내게 뭐라고 했는지 아니?

─넌 지저분하고 산만한 데다 이제 거짓말까지 하는구나. 네가 진짜 아기 예수를 사랑한다면 노트를 좀 더 깨끗하게 정리해봐.

그러고는 손가락을 까딱해서 내 어린양을 낭떠러지로 밀어 떨어뜨렸단다.

그 후로 난 거의 두 달 동안 제대로 잠을 자지 못했어. 눈을 감으면 침대 아래서 불길이 치솟아 오르고, 무시무시한 목소리가 들렸어.

─기다려. 우리가 곧 너를 잡으러 갈 테니!

당연히 난 이 사실을 부모님에게 말하지 않았어. 누렇게 뜬 내 얼굴을 보고 어머니는 말했지.

　-어린애가 완전히 기운이 빠져버렸구나.

　그러면 난 또 매일매일 숨을 참고 물약을 삼켜야만 했지.

　모르긴 해도 감수성이 예민하고 지적인 수많은 사람들이 바로 이런 일들 때문에 영혼의 문제로부터 멀어지게 됐을 거야. 사람들이 자기 학창 시절을 추억할 때마다, 지나버린 그때를 아쉬워할 때마다 난 말문이 막힌단다. 나에게는 그 시절이 인생에서 가장 참혹한, 아무것도 할 수 없는 무력감에 시달리던 때였으니까. 초등학교 시절 내내 나는 내 느낌과 생각에 충실하려는 욕망과, 다른 사람들이 따라가려는 욕망 사이에서 격렬하게 다투고 있었어.

　참 이상하지. 내 삶의 첫 위기는 남들처럼 사춘기가 아니라 유년기에 찾아왔던 거야. 열세 살 전후로 이미 우울한 정체성을 갖게 됐지. 예전의 형이상학적 질문들은 사라지고, 새롭고 전혀 무해한 환상들만 생겨났단다. 일요일 날, 어머니와 함께 미사를 보러 가서 주님 앞에 무릎을 꿇고 기도를 드리면서도, 난 딴생각을 했어. 말썽 없이 조용한 삶을 살기 위해 연기를 했던 거지.

　그래서 난 네가 종교 수업받는 걸 반대할 수밖에 없었단다. 내 결정을 후회하지 않았지. 어린아이 특유의 호기심으로 네가 그런 문제들에 대해 물어올 때면, 난 미심쩍은 부분이 없도록 직접적이고 객관적으로 대답해주려고 했어. 그러다 네가 질문을 멈추면, 다시 그 문제를 끄집어내지 않도록 주의했지. 이런 문제들은 너무 강하게 밀어붙여서도, 잡아당겨서도 안 되거든. 잡상인들을 생각해보렴. 그들이 자기 물건을 선전하면 선전할수록 사람들은 사기가 아닌가 의심하게 되지. 너를 키우면서 난 뭔가를 과장하지도 않았고, 엄연히 존재하는 것을 부정하려고도 하지 않았어. 그냥 기다렸을 뿐이지.

　내 인생이 순탄했다고만은 할 수 없겠구나. 네 살에 모든 사물들을 살아 움직이게 하는 생명력을 느꼈고, 일곱 살엔 그걸 다 잊었으니까. 처음엔 정말 음악 소리가 들렸어. 아주 멀리서 들리긴 했지만, 확실히 음악이 있었단다. 절벽 끝에 서서 귀를 기울이면 들리는 계곡의 물소리 같았지. 하지만 결국 이 소리는 결국 고장

난 라디오 소리로 바뀌어버렸어. 한순간 귀청이 터질 만큼 커졌다가, 다음 순간엔 아무것도 들리지 않는.

부모님은 내가 노래를 부를 때마다 야단을 치셨단다. 저녁 식사 때 나도 모르게 노래를 흥얼거렸다가 뺨을 맞기도 했지. 태어나 처음으로 맞아본 뺨이었어.

-식사 중에는 노래 부르지 말라고 했지!

아버지가 소리쳤어.

-가수가 될 것도 아니면서 대체 왜 그러니?

어머니가 뒤이어 말씀하셨지. 나는 울면서 말했어.

-그렇지만 내 안에서 노래가 나오는 걸요.

내 부모님은 구체적이고 물질적이지 않은 다른 어떤 것들에 대해서 전혀 이해하지 못했어. 그러니 내가 무슨 수로 음악을 계속 간직할 수 있었겠니? 내가 성자가 될 운명을 타고났다면 기꺼이 음악을 계속 간직했을 거야. 하지만 내 운명은 잔인할 정도로 평범한 것이었단다.

결국 아주 천천히, 그리고 확실하게 음악은 사라져 갔지. 음악을 들으면서 느꼈던 환희도 함께. 지금 생각해보면 바로 그 점이 가장 아쉬운 부분이란다. 물론 그 후에도 행복하다고 느꼈던 시간들은 분명 있었어. 하지만 환희가 태양이라면 행복은 기껏해야 전구 한 알에 불과하지. 행복에는 언제나 대상이 있고, 바로 그 무언가 때문에 행복한 거야. 내 존재가 외부의 어떤 것에 의존해서 생기는 감정이란 말이지. 하지만 환희에는 어떤 대상도 분명한 이유도 없어. 마치 태양처럼 스스로 타오르는 거지.

세월이 흐르면서 난 내 자신을 포기했단다. 내 마음속 아주 깊은 부분을 버리고 다른 사람, 내 부모님이 바라는 그런 사람이 되기로 한 거야. 말하자면 '인격'을 얻기 위해 '개성'을 버렸어. 너도 알겠지만 세상은 개성보다는 인격에 더 높은 점수를 주니까.

흔히들 생각하는 것과는 달리 인격과 개성을 동시에 유지하기는 힘들단다. 보통은 인격이 개성을 한방에 몰아내 버리지. 내 어머니를 생각해보면 이해가 빠를 거다. 그녀는 정말 철저한 인격의 소유자였지. 자신이 하는 모든 일에 확신을 가졌고, 어떤 것도 그 믿음을 약하게 만들지 못했어. 하지만 난 정반대였단다. 난 일상생활에서 한 번도 환희를 느껴본 적이 없어. 늘 주저하고 망설이며 선택하지 못했지. 내가 너무 오래 망설이니까 주변 사람들이 참다못해 나 대신 결정을 내려주곤 했을 정도였어.

하지만 개성을 버리고 인격을 얻기까지가 순탄했을 거라고 생각하진 마. 내 안 깊숙한 곳에서는 뭔가가 계속해서 소리쳤어. 한쪽에서는 나 자신을 찾는 걸 포기하지 말라고 소리쳤고, 다른 한쪽에서는 사랑받는 사람이 되라고, 세상이 요구하는 것에 맞춰 살라고 속삭였지. 나는 내 어머니를 증오했어. 그 겉만 번지르르하고 속은 텅 빈 삶의 방식이 싫었어. 하지만 아주 서서히 나도 그녀를 닮아가고 있었어. 이게 바로 교육이라는 이름으로 저질러지는 아주 끔찍한 폐해지. 누구도 피해갈 순 없어. 어린아이들은 사랑 없이 살 수 없어. 그러니 울며 겨자 먹기로 삶의 방식을 그냥 따라가는 거야. 그게 싫고, 옳다고 생각하지도 않으면서 말이야.

사랑받기 위해 자기 자신을 포기하는 이 거래 때문에 어른이 되어서도 문제가 생기는 거야. 자신이 원하든 원하지 않든 간에, 엄마가 되면 이 문제는 표면 위로 다시 떠오른단다. 네 엄마가 태어났을 때 난 뭔가 다른 엄마가 될 거라고 굳게 마음먹었고, 실제로도 그렇게 했어. 하지만 그 차이는 아주 표면적인 것이었을 뿐, 난 완전히 실패했단다. 내가 아주 어린 나이부터 짊어져야 했던 그 삶의 방식을 네 엄마에게는 물려주고 싶지 않았지. 그래서 언제나 그 애가 자유롭게 선택할 수 있도록 내버려두었어. 무엇을 하든 내가 지지해줄 거라고 믿기를 바랐어. 난 늘 이런 말을 달고 살았지.

 ─우리 둘은 독립적인 인격체야. 그러니까 서로의 차이를 존중해줘야 해.

 그런데 여기에 아주 심각한 오류가 있었어. 뭔지 아니? 바로 나에게는 확실한 정체성이 없었어. 어른이 되었지만 난 어느 것에도 확신을 가질 수 없었지. 나는 나 자신을 사랑할 수도, 존중할 수도 없었어. 어린아이들은 섬세하고 민감한 감수성을 가지고 있지. 그 덕에 네 엄마는 내가 너무 약하고, 상처받기 쉽고, 쉽게 포기한다는 걸 금세 알아채고 말았단다.

 나와 네 엄마의 관계는 늙은 나무와 거기에 붙어사는 담쟁이넝쿨 같았지. 오래된 나무가 있어. 키도 크고 뿌리도 깊지. 어느 날 거기서 담쟁이넝쿨 싹이 트게 돼. 뿌리는 빈약한데 넝쿨손과

가시만 무성한. 넝쿨손마다 흡입관이 있어서, 넝쿨은 금세 나무의 줄기를 타고 오르지. 일이 년 후에는 나무 꼭대기까지 오른단다. 오래된 나무의 잎들은 시들어 떨어지지만, 거기에 붙어사는 넝쿨은 여전히 싱싱하지. 점점 더 퍼져가던 넝쿨이 마침내 나무를 완전히 덮어버리고 태양 빛과 빗줄기를 혼자서 즐기게 되는 거야. 그러면 나무는 결국 말라죽고 말지. 몸통만이 보잘것없는 버팀대로 남아서 넝쿨을 계속 지탱해주는 거야.

　일라리아가 그렇게 비극적으로 죽고 나서 나는 몇 년 동안 그 애 생각을 하지 않았어. 어떤 때는 그 애를 잊고 있었다는 걸 깨닫고 자책하기도 했지. 물론 널 돌봐야 해서 슬퍼할 시간조차 없었어. 하지만 그게 그 애를 잊은 진짜 이유는 아니었어. 그 애를 잃었다는 사실조차 인정하지 못할 만큼, 내 패배감이 너무 지독했기 때문이란다.
　네가 나에게서 자꾸 멀어지고 너의 길을 찾기 시작했던 최근 몇 년 동안에, 난 다시 네 엄마에 대한 생각을 다시 하기 시작했다. 그리고 이제는 집착이 되어버렸구나. 내가 가장 뼈저리게 후회하는 건 그 애와 맞설 용기를 내지 못했다는 거야. 왜 말하지 못했을까?

ㅡ네가 틀렸어. 넌 바보 같은 짓을 하고 있는 거야.

그 애가 외쳤던 구호들 중에는 너무나 위험한 것들, 그 애의 행복을 위해 당장 잘라버려야 할 것들도 있었어. 하지만 난 그 애 인생에 끼어들기를 여전히 주저했지. 게으름 때문은 아니었어. 내 어머니가 가르쳐준 애매한 태도 때문이었지. 사랑받기 위해서 다툼과 대립을 피하고, 내가 존재하지 않는 듯이 행동하는 것. 일라리아는 천성이 오만하고 개성이 강했어. 난 그 애와 직접 부딪히는 게 두려웠고, 싸우게 될까 봐 늘 전전긍긍했지. 하지만 내가 그 앨 진정으로 사랑했다면 그 애에게 가차 없이 대했어야 했어. 좀 더 가혹하게, 해야 할 일과 하지 말아야 할 일들을 명확하게 알려줬어야 해. 아마 이것이 그 애가 나한테 진정으로 원하고 요구했던 게 아니었을까?

가장 기본적인 진실들이 오히려 가장 이해하기 어렵다는 걸 아니? 그때 진짜 사랑은 '강인함'이라는 걸 알았더라면 이 지경이 되지는 않았겠지. 하지만 강해지기 위해서는 우선 자기 자신을 사랑해야 돼. 자기 자신을 사랑하기 위해서는 스스로에 대해 잘 알아야 하지. 남들이 전혀 모르는 깊숙한 비밀까지도. 하지만 삶은 온갖 사건들의 연속이고, 평범한 사람들은 거기에 질질 끌려다닐 수밖에 없어. 그런데 어떻게 자신을 사랑할 수 있고 강해질 수가 있다는 걸까.

아주 특별한 사람들은 처음부터 이 과정을 잘 밟아나가지. 하지만 네 엄마나 나처럼 평범한 사람들은 죽은 나뭇가지나 플라스틱 통 같은 운명에 자신을 맡겨버린단다. 누군가가 그런 우리를 강물에 집어던지면 가벼워서 물에 뜨게 되지. 우린 이겼다 생각하고 신나게 헤엄치기 시작해. 물결에 따라 어디론가 흘러가버리기도 하고, 나무뿌리나 바위에 걸려 멈춰서기도 하겠지. 물살이 잔잔한 곳에서는 둥둥 떠다닐 수 있지만, 급류를 지날 때는 가라앉겠지. 우리는 어디로 가는지도 모르고, 심지어 그걸 궁금해하지도 않아. 아주 고요한 곳에 이르면 풍경과 강둑, 풀숲도 구경할 수 있겠지. 그 모양과 색상들을 좀더 세밀하게 관찰하면서 말이야. 또 다른 걸 보기 위해 더 빨리 가려고도 하고. 그렇게 시간이 흐르고 수 킬로미터를 흘러가면 강둑이 낮아지고 강이 넓어지지. 여전히 강에 있긴 하지만 여기가 도대체 어딘지 궁금해져. 그러다 어느 순간 바다에 다다르는 거야.

내 인생도 대부분 이렇게 흘러왔단다. 난 헤엄친 게 아니라 버둥거리면서. 전혀 우아하고 아름답지 않았고, 스스로도 즐겁지 않았어. 그저 위태롭고 혼란스러운 몸짓으로 겨우겨우 물 위에 떠 있었을 뿐이야.

내가 왜 네게 이런 편지를 쓰는 걸까? 이렇게 길고 내밀한 고백들이 무슨 의미가 있을까? 넌 지겨워졌을지도 모르겠다. 이쯤에서 싫증이 나서 한숨을 쉬며 페이지를 넘길 수도 있겠지. 넌 스스로에게 묻겠지. 할머닌 도대체 어디로 가려는 거지? 날 어디로 데려가려는 거야?

맞아. 난 사실 큰길에서 벗어나 작은 오솔길로 들어서기도 하면서 사소한 이야기들을 너무 많이 했던 게 사실이야. 넌 내가 길을 잃어버렸다고 생각할 수도 있겠지. 정말 길을 잃은 건지도 몰라. 하지만 이게 네가 그토록 찾던, 삶의 '중심'으로 갈 수 있는 유일한 방법이란다.

내가 팬케이크 만드는 법을 가르쳐줬던 거 생각나니? 팬케이크를 뒤집을 땐 그걸 제대로 받아낼 궁리만 하라고 했었지. 팬케이크가 공중에 떠 있을 때 네가 거기에만 집중하면 프라이팬 위로 딱 알맞게 떨어지겠지만, 그렇지 않으면 오븐에 떨어져 모든 걸 망쳐버린다고.

하지만 세상 모든 것의 핵심에 다다르기 위해서는 샛길로 한번 빠져 보는 것도 꼭 필요하단다. 우습지?

그런데 지금, 내 배꼽시계가 울리고 있구나. 아까 강 얘기를 할 때가 점심 무렵이었으니 그럴 만도 하지. 잠깐 헤어져야겠구나. 참, 가기 전에 네가 싫어해 마지않는 키스를 또 한번 보내마.

11월 29일

정원을 가꿀 때 조그만 싹이 나온 걸 보고
다른 것들이 그 싹에 해를 줄까 봐 전전긍긍하는 사람들이 있어.
진드기와 해충들이 접근하지 못하도록 살충제를 듬뿍 뿌리고,
비바람을 막는 비닐도 씌우느라 밤낮없이 일하면서
자기 정원이 안전하다고 믿지.
그런데 어느 날 비닐을 들추어보면
싹들이 모두 썩어서 죽어 있는 거야.
그냥 자연스럽게 내버려뒀다면 일부는 살아남을 수도 있었을 텐데.

아침 산책을 하다 어제 폭풍의 피해자를 발견했단다. 오늘은 여느 때처럼 집 주위를 한 바퀴 돌지 않고, 정원 끝까지 갔었지. 수호천사의 부름을 받은 것처럼 말이야. 예전에 닭장이 있던 곳 뒤쪽까지 갔다가, 월터 씨 정원과 우리 정원 사이에 떨어져 있는 검은 물체를 보았어. 처음엔 솔방울인 것 같더니, 조금씩 규칙적으로 움직이더구나. 안경을 두고 오는 바람에 가까이서 한참 살펴본 후에야 어린 암컷 찌르레기라는 걸 알았다. 내가 잡으려고 하면 저만치 깡충 뛰어서 달아나는 바람에 하마터면 다리가 부러질 뻔했단다. 조금만 더 젊었더라면 금세 잡을 수 있었을 텐데. 그때 기발한 생각이 떠올랐어. 머리에서 스카프를 풀러 새 위로 던졌지. 그대로 새를 싸서 집으로 들어왔단다. 낡은 구두 상자 안에 넣고 숨 쉴 수 있도록 구멍을 여러 개 내주었지. 그중 하나는 새 머리가 쑥 나올 정도로 크게 뚫었지.

지금 새는 내 앞 테이블에 있어. 공포에 질려 있는 녀석에게 아직 먹을 것을 주지 못했단다. 겁에 질린 녀석을 보니 나 역시 불안해지더구나. 만약 지금 냉장고와 오븐 사이에서 눈부신 빛과 함께 요정이 '짠' 하고 나타난다면, 무슨 소원을 빌어야 할까? 난 솔로몬 왕의 반지를 달라고 하겠어. 그걸 끼면 동물들과 대화할 수 있거든. 그럼 난 찌르레기에게 이렇게 말할 수 있겠지.

─걱정 마. 귀여운 아기 새야. 난 인간이지만 제법 선한 편이란다. 널 돌봐주고 먹이를 줄게. 다시 건강해지면 놓아줄 거야.

다시 우리 얘기로 돌아가 볼까? 어제는 팬케이크 얘기까지 하고 헤어졌지. 넌 또 사소한 이야기로 끝을 맺었다고 화가 났을지도 모르겠구나. 젊은 사람들은 중요한 일에는 꼭 거창하고 심각한 말들이 필요하다고 생각하는 것 같더라. 너는 떠나기 직전, 내 베개 밑에 편지 하나를 넣어두었었지. 네가 그동안 왜 그토록 불행해 했는지 이야기하고 싶었던 거겠지. 그렇지만 난 아무것도 이해할 수 없었단다. 네 글은 너무 난해하고 불분명했어. 난 단순한 사람이란다. 내가 살았던 시대 역시 그랬지. 흰색을 그냥 흰색이라 하고, 검은색은 그냥 검은색이라 하는 시대였어.

모든 문제의 해결책은 일상 속에서 나온단다. 이래야 하고, 저래야 한다는 복잡한 생각들을 버리고, 모든 걸 있는 그대로 보는 데서부터 출발하면 돼. 진정한 내 것이 아닌 것들, 외부에서 들어온 것들을 버리기 시작했다면 넌 제대로 가고 있는 거야. 네가 읽던 책들은 너에게 도움을 주기는커녕 도리어 너를 어지럽혀 놓았는지도 몰라. 마치 시커먼 먹물만을 잔뜩 남겨놓고 요리조리 도망쳐버리는 오징어처럼 말이야.

집을 떠나기로 결정하기 전, 넌 나에게 선택을 강요했지.

—일 년 동안 외국에 나가 살든지, 아니면 정신과 의사에게 진료를 받으러 다니겠어요.

난 아주 가혹하게 대답했지. 기억나니?

—원한다면 일 년이 아니라 삼 년 동안 나가 있어도 좋아. 하지만 정신과 의사에게 가는 것만은 안 돼. 네 돈 내고 병원에 간다고 해도 절대 안 된다.

넌 내 극단적인 대답에 꽤 충격을 받은 것 같았어. 그나마 나은 제안을 한답시고 정신과 의사를 들먹였던 거겠지. 넌 어떤 반항도 하지 않았지만, 나를 시대에 뒤떨어진 노인네쯤으로 여겼을거야. 하지만 틀렸어. 나는 어린 시절에 이미 프로이트에 대해 알고 있었거든. 삼촌 중 한 명이 비엔나에서 유학한 의사였는데, 프로이트를 일찍이 접한 사람이었지. 삼촌은 저녁 식사 때마다 프로이트 이론을 내 부모님께 설명하고 납득시키려 애썼지.

-스파게티를 먹는 꿈을 꾼다면, 그건 지금 죽음을 두려워한다는 뜻이죠. 제 말을 전혀 믿지 않으시겠지만요.

어머니는 이렇게 선언했어.

-꿈에 스파게티가 나왔다면 그건 네가 배고프다는 뜻이야. 그것뿐이야.

삼촌은 어머니의 완고한 고집이 사실은 억압 때문에 생긴 것이고, 스파게티와 벌레는 똑같이 생겼으며, 우리 모두는 언젠가 벌레가 될 것이기에, 어머니가 죽음을 두려워하고 있다는 건 명백한 사실이라고 설명했지만, 모두 허사였어. 그때 어머니가 뭐라고 하신 줄 아니? 잠시 말이 없더니 갑자기 소프라노 톤으로 외쳤지.

-그렇다고 쳐. 그럼 내가 마카로니를 먹는 꿈을 꾸면 어떻게

되는 거니?

나와 정신분석학의 인연이 그것으로 끝난 건 아니었단다. 네 엄마는 거의 십 년 동안 정신과 의사에게서 치료를 받았었지. 네 엄마가 죽던 날도 그 의사한테 가던 중이었단다. 난 네 엄마와 그 의사의 관계가 어떻게 발전해 나가는지 지켜보았어. 그 애는 처음엔 상담받는다는 사실조차 숨기다가 나중에야 털어놓았지. 그 거야 뭐 직업상의 비밀이니까. 그런데 한순간 아주 나쁜 예감이 스쳐갔단다. 그 애는 뭔가에 한 번 의존하기 시작하면 즉시 자신의 전부를 내맡겨버리는 경향이 있었어. 겨우 한 달 사이에 네 엄마의 삶은 그 정신과 의사의 지배를 받기 시작했지.

내가 질투했던 거라고 생각할 수도 있겠지. 하지만 그게 중요한 게 아니야. 나를 정말 힘들게 했던 건, 그 애가 또다시 무언가의 노예가 됐다는 사실이었어. 전에는 이념, 정치였고, 이번에는 의사였지.

그 앤 파두아에서의 마지막 학기 때 그 의사를 만났는데, 그 후로도 일주일에 한 번 상담을 받으러 그곳에 갔지. 난 좀 이상하다고 생각했어.

-좋은 의사를 만나러 꼭 그렇게 멀리 가야만 하니?

물론 한편으로는 안도가 되기도 했어. 어쨌든 그 애가 스스로 문제를 해결하기 위해 한 걸음을 뗐다는 의미니까. 그러나 다른 한편으로는 너무 걱정되었지. 그 애가 얼마나 약한지 잘 아니까. 그리고 그 의사가 정말 믿을 만한 사람인지도 의심스러웠지. 다른 사람의 마음속을 들여다본다는 건 정말 어렵고 세심한 일이거든. 난 물었어.

-그 사람을 어떻게 알게 됐지? 누가 추천해주었니?

그 애는 어깨만 으쓱할 뿐이었어.

-엄마는 이해 못해요.

그 이상은 아무 말도 듣지 못했어.

네 엄마의 아파트는 트리에스테에 있었지만 우리는 일주일에 한 번 정도 점심을 함께하곤 했어. 치료가 시작된 후에도 우리는 점심을 하면서 대화를 계속하긴 했어. 하지만 언제나 교묘하게 겉도는 이야기뿐이었지. 이 도시에서 일어나고 있는 일이라든가, 날씨에 대해서 이야기했지. 날씨도 좋고, 아무 일도 일어나지 않을 땐 그저 침묵 속에 빠져들었지.

파두아에 서너 번 다녀오고부터 그 애는 뭔가 달라졌단다. 자꾸 나에게 질문을 하기 시작한 거야. 과거의 모든 일에 대해 알고 싶어 했지. 나에 대해서, 자기 아버지에 대해서, 그리고 그와 나의 관계에 대해서. 가족에 대한 애정이나 호기심 때문은 아니었어. 마치 조사관 같은 태도로 같은 질문을 반복하면서 아주 사소한 것까지 알려달라고 졸랐지. 심지어 자기가 완벽하게 기억하는 사건에 대해서도 물었어. 난 딸이 아니라 경찰과 이야기하는 기분이었단다. 무슨 수를 써서라도 범죄를 자백받으려는 경찰 말이야. 어느 날, 난 더 이상 참지 못하고 물었어.

 −단도직입적으로 말해봐. 이러는 목적이 뭐니?

 그 애는 살짝 비웃는 듯한 표정을 짓더니 포크를 들어 유리잔을 가볍게 쳤어. 핑, 하는 소리가 나자 그 애가 말했지.

 −내가 원하는 건 맨 처음으로 돌아가보는 거예요. 엄마와 당신 남편이 언제, 왜 내 날개를 꺾어버렸는지 알고 싶어요.

 나는 그 애가 퍼부어 대는 질문들에 더 이상 답하지 않기로 했어. 그다음 주에 점심을 먹으러 오라고 전화하면서 한 가지 조건을 붙였단다. 재판이 아니라 대화를 하자고.

양심의 가책을 느끼지 않았냐고? 물론 그렇기도 했어. 일라리
아에게 얘기했어야 하는데, 하지 못한 것들이 많았으니까. 하지
만 그 애에게 심문당하면서 마음속 가장 깊이 숨겨둔 이야기를
털어놓는 건 옳지 않았어. 그 애 방식대로 게임을 계속 한다면 우
리는 성숙한 두 어른이 아니라 나는 범죄자, 그 애는 영원한 희생
자로 남을 수밖에 없었지.

몇 달 후, 나는 다시 그 애와 정신과 치료에 대한 얘기를 나눴
어. 그 애가 의사와 함께 주말 묵상을 시작할 무렵이었지. 그 애
는 몹시 여윈 데다 알아들을 수 없는 말만 중얼거렸어. 난 삼촌이
처음 정신분석학을 접했을 때의 얘기를 그 애에게 들려주었어.
그러고는 지나가듯 물었지.

-네 의사 선생님은 어느 학파시니?

-아무 학파도 아니에요. 정확히 말하자면 독자적인 학파를 하
나 만드셨죠.

그때까지만 해도 그저 불안한 정도였지만, 이 대답을 들은 순
간부터는 정말로 걱정되기 시작했어. 수소문 끝에 의사에 대해

알아냈어. 의사 면허조차 없는 사람이었지. 정신과 치료에 걸었던 한 가닥 희망은 단번에 끊어져버렸어. 단순히 그 사람에게 학위가 없기 때문만은 아니었어. 진짜 문제는 일라리아의 상태가 계속 나빠지고 있다는 거였지. 그 사람의 치료가 적절했다면 점점 나아져야 되는 것 아니겠니? 의심하고 뒷걸음질치다가도 결국은 자신을 발견할 수 있었어야 하지 않을까? 하지만 그런 일은 일어나지 않았어. 대신 일라리아는 모든 일에 점점 흥미를 잃어갔지. 친구들과도 전혀 만나지 않고 곤충학자처럼 집요하게 자기 내면만 파고들더구나. 그 애에게는 자기가 간밤에 무슨 꿈을 꿨나, 자기 아빠나 내가 이십 년 전에 했던 말 같은 것들만이 중요할 뿐이었어. 다른 모든 일들은 안중에도 없었지. 그 애 인생이 점점 무너져 가는데, 난 아무 도움도 줄 수 없었어.

그렇게 삼 년이 지난 후에야 희미한 희망의 빛이 보이기 시작했어. 부활절을 지내고 나서 난 그 애에게 여행을 가자고 했지. 뜻밖에도 싫다고 하지 않고 고개를 들어 이렇게 말하더구나.

-어디로요?

-글쎄. 네가 가고 싶은 곳이 있으면 어디든 가자.

그날 오후, 우리는 여행사가 문을 열기만을 애타게 기다렸어. 그 후로 몇 주 동안 좋은 여행지를 찾기 위해 계속 여행사를 들락거렸지. 그리고 마침내 그리스로 결정했어. 5월 말에 크레타섬과 산토리니섬으로 떠나기로 했단다. 출발 전에 온갖 잡다한 일들을 처리하면서 우리 관계는 아주 새롭게 변했지. 그 애는 꼭 필요한 짐들을 혹시라도 빼먹을까 봐 걱정했고, 난 조그만 수첩을 사주며 진정시켰어.

-여기에 필요한 걸 전부 적어 봐. 그 물건을 여행 가방에 넣고 나면 목록에서 지워나가는 거야.

잠자리에 들면서 난 우리 관계를 개선하기 위해 왜 진작 이런 방법을 생각하지 못했을까 후회했어.

출발하기 전주 금요일, 일라리아가 나에게 전화를 걸어왔어. 예의 그 금속성 목소리로 말이야. 공중전화인 것 같았어.

-파두아에 갈 일이 생겼어요.

그 애가 말했어.

-늦어도 화요일 밤까지는 돌아올게요.

-꼭 가야만 하니?

나는 물었지만 그 애는 벌써 전화를 끊은 뒤였지.

다음 주 목요일까지 난 아무 연락도 받지 못했어. 목요일 두 시쯤에야 전화가 왔는데, 그 애 목소리는 냉정한 것 같기도 하고, 후회하는 것 같기도 했어.

-미안해요. 그리스에 못 갈 것 같아요.

그 애는 내 대답을 기다렸지. 잠시 후에 난 대답했어.

-유감이구나. 하지만 난 예정대로 떠날 거야.

그 애도 내 실망을 알아챘는지 변명하려고 애쓰더구나.

-떠나는 건 자신에게서 도망치는 짓이에요.

아, 얼마나 비참한 여행이었는지 상상도 못 할 거야. 난 가이드 말에 귀 기울이며 그곳 유물과 풍경에 관심을 가지려 애썼어. 하지만 아무리 노력해도 네 엄마 생각뿐이었단다. 그 아이의 인생이 도대체 어떻게 되어가는 걸까?

정원을 가꿀 때 조그만 싹이 나온 걸 보고 다른 것들이 그 싹에 해를 줄까 봐 전전긍긍하는 사람들이 있어. 일라리아가 꼭 그런 사람 같았단다. 진드기와 해충들이 접근하지 못하도록 살충제를 듬뿍 뿌리고, 비바람을 막는 비닐도 씌우느라 밤낮없이 일하면서 자기 정원이 안전하다고 믿지. 그런데 어느 날 비닐을 들추어 보면 싹들이 모두 썩어서 죽어 있는 거야. 그냥 자연스럽게 크도록 내버려뒀다면 일부는 살아남을 수 있었을 텐데. 무슨 말인지 알겠니? 인생에는 그런 대범함이 필요하단다. 주변은 전혀 살피지 않고 자기 자신만 성장하려고 하는 건, 숨만 쉬고 있을 뿐 죽은 거나 마찬가지야.

그 앤 너무나 엄격하게 머리로만 살려고 한 나머지, 마음의 목소리를 억누르고 만 거야. 언젠가 '마음(heart)'이라는 단어 때문에 다툰 적이 있었단다. 그때의 상처가 너무 쓰라려 이 단어를 입에 올리기조차 겁나는구나. 그 애가 십 대였을 때 나는 이런 말을 해주었지.

-영혼의 핵심은 '마음'이란다.

다음 날 아침 식탁에는 보란 듯이 사전이 펼쳐져 있었지. '영혼'이란 단어와 그 정의에 빨간 밑줄이 그어져 있더구나.

'과일을 보존할 때 쓰는 무색의 액체*.'

---

* 정신, 영혼을 뜻하는 'spirit'에는 '아주 독한 술'이란 뜻도 있다.

요즘 사람들은 마음이라는 말에서 어리숙하면서도 고루한 이미지를 떠올리는 것 같더구나. 내가 젊었을 때만 해도 그리 쑥스러운 말이 아니었는데, 요즘엔 거의 쓰지 않는 것 같아. 더구나 인간 존재의 중심, 핵심이라는 의미로는 더더욱. 왜 마음이라는 단어가 이렇게 멀리 추방당한 것일까?

-자기 마음을 믿는 사람은 바보일 뿐이야.

아우구스토는 성경을 인용하면서 늘 이렇게 말하곤 했지. 마음을 믿는 게 왜 어리석다는 건가? 마음이 자기가 가진 것들을 다 태워버릴 것 같아서? 아니면 마음 안에 이토록 어둠이 가득하기 때문에? 마음이라는 말이 격식으로 들리는 반면, 이성이라는 말은 아주 현대적으로 들리지. 요즘 자기 마음이 시키는 대로 살다간 동물적이고 충동적인 사람 취급을 받지. 반대로 이성을 따라 살면 고상하다는 말을 들을 수 있을 거야. 하지만 그게 진실이 아니라 오히려 그 반대라면 어떡하지? 지나친 이성이 결국 우리 삶을 갉아먹는다면?

그리스에서 돌아오는 배 안에서 나는 아침마다 조타실 안을 훔쳐보곤 했단다. 우리가 어디로 가고 있는지 보여주는 복잡한 기계들을 구경하는 게 참 좋더라. 어느 날인가는 여러 가지 안테나들을 보면서 사람들이 점점 더 라디오처럼 되어가고 있구나 생각했단다. 그것도 공짜 경품으로 탄, 조그만 싸구려 라디오 말이야. 주파수는 넓지만 실제로 들을 수 있는 채널은 한두 개뿐이고 나머진 다 치지직 대며 들리지 않아. 이성을 지나치게 많이 쓰면 이런 일들이 일어나지 않을까? 현실에서 우리가 이해할 수 있는 건 극히 일부인데 그 안에서조차 혼란이 일어나. 너무 많은 말들 때문이야. 그로 인해 우리는 앞으로 나아가지 못하고 제자리에서 맴돌게 된단다.

때로는 뭔가를 제대로 이해하려면 침묵할 줄 알아야 해. 젊었을 땐 그 사실을 몰랐단다. 하지만 어항 속의 금붕어처럼 침묵과 고독 속에서 집 안을 돌아다니다 보니 이젠 알 것 같구나. 그건 더러운 바닥을 무엇으로 청소할까 하는 문제와도 비슷하단다. 만약 빗자루를 사용한다면 먼지들은 다시 공중으로 흩어지겠지. 하지만 젖은 천을 사용한다면 바닥을 윤기 나게 닦을 수 있을 거야. 침묵은 이 젖은 천과 같단다.

말들은 때로 생각을 어지럽히는 리듬들을 만들어서 우리의 이성을 마비시키지. 하지만 그 와중에도 마음만은 숨을 쉰단다. 유일하게 고동치며 살아 있는 기관이지. 가끔씩 아무 생각 없이 오후 내내 텔레비전을 켜놓곤 한단다. 눈으로 보지 않아도 소리는 방을 건너 나를 계속 쫓아와. 그런 날 밤에는 평소보다 더 불안해져서 잠들기가 어렵지. 그래도 그 소음이 없으면 견딜 수가 없을 때가 있어. 반복되는 소음은 마약 같아서 한 번 익숙해지면 그것 없이는 아무것도 할 수 없게 되거든.

오늘은 여기서 멈출까 한다. 내가 쓴 편지는 마치 서너 개의 레시피를 뒤섞어 만든 케이크 같구나. 어느 날인가 네가 해주었던 그 '새로운 요리'처럼 말이야. 넌 갖가지 재료들을 한데 섞어서 아주 이상한 맛을 만들어냈지. 하지만 난 커다란 혼란만 만들어낸 것 같구나. 철학자가 이 편지를 읽는다면 아마 빨간 줄을 직직 그으며 말하겠지.

-일관성이 없어. 핵심도 없고. 논리가 부족해.

만약 심리학자가 읽는다면? 엄마와 딸의 실패한 관계에 대해 논문을 쓰거나 내가 감추고 있는 모든 것들을 밝혀내려 하겠지.

내가 계속 뭔가를 감추고 있었다 한들 그게 지금 와서 무슨 소용이 있겠니? 딸이 하나 있었고, 그 딸을 너무 사랑했지만 그 아이는 교통사고로 죽었어. 자기 불행의 근원이라고 믿었던 아빠가 친아빠가 아니라는 얘길 들은 바로 그날.

그날 일이 영화처럼 생생하게 떠오르는구나. 거의 모든 장면들을 세세하게 기억할 수 있단다. 그 장면들이 깨어 있을 때나 잠들어 있을 때나 내 안에서 요동쳐. 마치 혈관 속을 돌아다니는 붉은 피처럼. 아마 내가 죽은 뒤에도 그럴 거야.

찌르레기가 잠에서 깼구나. 상자 구멍 밖으로 머리를 내밀고 계속 짹짹거린다. 이렇게 말하려는 것 같아.

-배가 고파요. 왜 먹을 걸 안 주세요?

새에게 먹일 만한 것이 있나 싶어 냉장고 안을 뒤져보았어. 아무것도 없어서 월터 씨에게 벌레 같은 게 있는지 물어보려고 전화기를 들었다. 다이얼을 돌리다 말고 새에게 말했지.

-넌 행운아야. 알에서 깨어나 첫 비행을 하고 나면 부모의 모습을 잊어버리잖니.

11월 30일

가끔씩 그 애의 웃음소리가 들려왔지.
아주 따뜻하고 행복 가득한 웃음이었지. 그래.
한 번이라도 행복했던 적이 있다면 다시 행복해질 수 있어.
그 어린아이에서부터 다시 한번 삶을 시작해보는 거야.

오늘 아침 아홉 시도 채 되지 않아 월터 씨 부부가 찾아왔어. 어부 사촌한테 얻은 거라며 벌레가 들어 있는 작은 봉투를 내밀더구나. 월터 씨의 도움으로 새를 들어올렸더니 그 작은 가슴이 미친 듯이 뛰고 있었어. 벌레 하나를 핀셋으로 집어서 주었지. 식욕을 자극하려고 벌레를 흔들었지만 녀석은 관심을 보이지 않았어.

-이쑤시개로 입을 벌려보는 게 어때요?

월터 씨가 제안했지만 난 그럴 만한 용기가 없었지. 그때 너와 내가 수많은 새들을 키우던 시절, 새의 부리 옆을 찔러주던 기억이 났어. 똑같이 해봤지. 스프링이라도 단 것처럼 단번에 입을 벌리더구나. 벌레 세 마리를 삼키자 녀석은 벌써 배가 부른 듯했어.

라츠만 부인이 왼손을 잘 쓰지 못하는 나 대신 커피를 준비해주었어. 우리는 이런저런 얘기를 나눴지. 그분들이 친절하게 도와주지 않았다면 생활하기가 훨씬 더 힘들었을 거야. 그분들은 곧 내년 봄에 심을 씨앗이랑 알뿌리 식물들을 사러 간다는구나. 나한테도 같이 가자고 했지만 나는 좋다 싫다 말을 하지 못했어. 그냥. 내일 아침에 다시 얘기하기로 했단다.

그날은 5월 8일이었어. 아침 내내 정원에서 일을 하고 있었지. 매발톱꽃이 활짝 피어 있었고, 벚나무들은 온통 꽃봉오리로 뒤덮여 있었어. 점심때쯤 네 엄마가 예고도 없이 나타났단다. 내 뒤로 조용히 다가오더니 갑자기 소리치지 뭐냐.

-워! 놀랐죠?

나는 너무 놀라서 갈퀴를 떨어뜨리고 말았어. 그 애의 표정은 즐거움과는 거리가 멀었지. 애써 꾸며낸 탄성이었을 뿐 얼굴은 흙빛이었고, 입술은 앙 다물어져 있었어. 그 애는 말하는 동안에도 계속 손가락으로 머리칼을 꼬고, 잡아당겨 입에 물기도 했어.

이미 오래전부터 그런 상태였기 때문에 그다지 걱정이 되지는 않았어. 적어도 더 나빠지지는 않았겠거니 하면서 말이야. 너는 어디에 있냐고 물었더니 친구 집에서 놀고 있다고 하더구나. 집으로 들어설 무렵 그 애가 주머니에서 시들시들해진 물망초 한 다발을 꺼냈어.

–어머니날이잖아요.

그 앤 어떻게 행동해야 할지 몰라서 꽃을 든 채 멍하니 나를 쳐다보고 서 있었어. 난 다정하게 안아주면서 고맙다고 말했지. 그 애 몸이 너무도 딱딱하게 굳어 있어서 놀랐어. 몸이 완전히 텅 비어버렸구나 생각했지. 마치 동굴처럼 그 애 몸에서도 찬바람이 나오는 것 같았어. 그 순간 네 생각을 했단다. 이렇게 좋지 못한 상태에서 널 기르게 해도 괜찮은 걸까? 시간이 흐를수록 상황은 오히려 더욱 악화되었어. 네 엄마와 그 의사가 너에게 어떤 영향을 끼칠까 걱정됐어. 네 엄마는 소유욕이 강해서 너를 내게 잘 보여주지도 않았단다. 내가 너에게 나쁜 영향을 줄까 봐 멀리한 거야. 설사 내가 딸의 삶을 망가뜨렸다 해도, 손녀인 너까지 그렇게 만들지는 않았을 텐데 말이다.

우리는 점심거리를 준비하기 위해 함께 부엌으로 갔지. 날씨가 아주 따뜻해서 바깥 등나무 아래에 식탁을 차렸어. 초록색과 흰색 체크무늬 식탁보를 펴고, 식탁 가운데 물망초를 꽂은 꽃병도 놨어. 내 기억력은 점점 형편없어지고 있지만, 그날 일만큼은 믿기 힘들 정도로 정확하게 기억한단다.

살아 있는 딸의 마지막 모습이라고 느꼈던 걸까? 아니면 그 애가 죽은 후에, 우리가 함께 보냈던 시간을 억지로 늘여보려고 애쓴 결과일까? 그걸 과연 누가 알 수 있겠니.

반찬거리가 마땅치 않아서 얼른 토마토소스를 만들었어. 소스가 거의 다 되어갈 즈음 일라리아에게 어떤 파스타를 먹을 건지 물었어. 그 애가 밖에서 소리쳤지.

-아무거나 주세요.

그래서 난 푸실리를 준비했지. 자리에 앉았을 때 난 너에 대해서 물었고, 그 애는 아주 애매하게 대답했어. 우리 머리 위로 벌레들이 계속 날아다녔어. 벌레들이 꽃 속을 드나들면서 윙윙대는 소리 때문에 말소리가 거의 들리지 않을 지경이었지. 갑자기 까만 무언가가 네 엄마 접시에 뚝 떨어졌단다.

-말벌이에요! 얼른 죽여요, 얼른!

네 엄마는 소리를 지르며 의자에서 벌떡 일어나 모든 걸 뒤엎기 시작했어. 자세히 살펴보니 그건 꿀벌이었어.

－꿀벌이야. 위험하지 않아.

벌을 쫓아버리고 접시에 파스타를 다시 덜어줬지. 그 애는 여전히 놀란 표정이었지만 포크를 들어 몇 바퀴 돌린 후, 팔꿈치를 식탁에 괴고 이렇게 말했어.

－돈이 필요해요.

푸실리가 쏟아졌던 식탁보에는 빨간 얼룩이 남아 있었어.

계속 돈이 문제였단다. 그 전해 크리스마스 무렵, 일라리아는 정신과 의사의 부탁으로 보증을 서주었다고 고백했어. 좀 더 자세히 말해보라고 했지만 그 애는 평소처럼 대답을 피했지.

－그냥 단순한 보증이에요. 아주 형식적인 절차요.

그 애는 마치 테러리스트 같았어. 언제나 반쯤만 말하고 입을 다물었지. 내가 돕기 위해서는 더 많은 정보가 필요했지만 그런 정보는 주지 않고 근심걱정만을 잔뜩 안기는 거야. 아주 교묘한 사디스트랄까. 물론 그 사디즘 안에는 관심과 보살핌에 대한 욕구가 있었지. 누군가가 자신을 걱정해주길 바라면서 연기를 한 거야.

예를 들어 그 애가 "나 난소암에 걸렸어요"라고 하면 나는 필사적으로 상황을 파악하려 하지. 확인 결과, 그 애는 단지 흔한 부인과 검진을 받고 왔을 뿐, 그 이상은 아닌 거야. 늑대가 나타났다고 거짓말하던 양치기 소년 같지?

그 몇 해 동안 그 애는 참혹한 소식을 너무도 많이 알려 왔어. 더 이상 그 애 말을 믿을 수가 없었지. 그래서 그 애가 보증을 섰다고 말했을 때도 별 관심 없이 흘려들었어. 무엇보다 나는 그 애가 벌이는 게임에 완전히 지쳐 떨어진 상태였으니까. 설사 내가 그 문제를 일찍 알아서 그 애를 말렸다고 해도, 아무 소용없었을 거야. 나한테는 한마디 말도 없이 이미 서명을 해버렸거든.

2월 말에 정말 충격적인 사실을 알게 되었지. 일라리아가 빚보증을 섰던 정신과 의사의 사업 자금은 자그마치 삼백만 리라*였어. 그런데 두 달 사이에 보증을 섰던 그 회사가 파산하고 은행들이 빚 독촉을 하기 시작했어. 그때 네 엄마는 내게 와 울면서 도대체 어떻게 하면 좋으냐고 물었지. 그 애는 너와 함께 살던 아파트를 담보로 보증을 섰던 거야. 은행이 그걸 내놓으라고 한 거고.

---

* 1861년부터 2002년까지 통용된 이탈리아의 통화.

내가 얼마나 화가 났을지 짐작할 수 있겠니? 네 엄마는 서른이 넘어서도 자기 자신 하나 감당하지 못한 데다, 유일한 재산마저 날려버린 거야. 그 아파트는 네가 태어나던 날, 내가 양도해준 거였어. 난 화를 꾹 참고 그 애를 더 이상 흥분시키지 않기 위해 차분히 말했지.

  —방법을 한번 찾아보자꾸나.

  그 뒤로 그 애는 이 일에 완전히 무관심해졌어. 할 수 없이 내가 변호사를 찾아 백방으로 뛰어다녀야 했어. 은행을 상대로 소송에서 이기기 위해 가능한 한 모든 정보를 다 모았어. 그러다 그 정신과 의사가 아주 오랫동안 네 엄마의 마음을 조종해왔다는 걸 알게 됐지. 상담 중에 그 애가 좀 우울해한다 싶으면 위스키를 주는가 하면 그 애를 가장 뛰어난 애제자라고 치켜세워 주었지. 일라리아도 이제 곧 개업을 해서 환자를 볼 수 있다고 말이야. 그 누구보다 약하고 혼란스럽고 산만한 일라리아가 환자를 진료한다니! 그 회사가 망하지 않았더라면 이런 일이 진짜로 일어났겠지. 나에게는 한마디 말도 없이, 그 애는 자기 교주와 똑같은 수법을 다른 사람에게 쓰기 시작했을 거야.

당연히 그 애는 나에게 어떤 말도 해주지 않았단다. 왜 어떤 식으로든 학위를 사용하지 않느냐고 내가 물으면 옅은 미소를 지으며 말했지.

-두고 보세요. 써먹을 날이 있을 거예요.

그때 일을 생각하는 것조차 힘들고, 말하는 건 정말 더더욱 힘들구나. 그 몇 달 동안 나는 내 딸에 대해 알지 못했던 뭔가를 새로 알게 되었어. 이걸 밝히는 게 옳은 건지 잘 모르겠다. 하지만 너에게 아무것도 숨기지 않겠다고 약속했으니까, 얘기할게. 네 엄마는 지적 능력이 부족했단다. 이 사실을 받아들이기까지 참 힘들었어. 사람들은 대부분 자기 아이를 과대평가하잖니? 게다가 그 애는 사이비 지식과 현란한 말솜씨로 연막작전을 잘 폈으니 말이다. 너무 늦기 전에 내가 용기 있게 이 진실을 받아들였다면 그 애를 좀 더 보호해줄 수 있었을 텐데. 그 애를 좀 더 확실하게 사랑해줄 수 있었을 텐데. 그럼 그 애를 구할 수 있었을지도 모를 텐데.

중요한 사실을 알았지만, 실제로 할 수 있는 일은 별로 없었어.

내가 취할 수 있었던 최선의 방법은 그 애를 한정치산자*라고 선고하고 지금까지 행위를 무효화하는 거였지. 변호사와 내가 이런 방법을 써보기로 했다고 하자 그 애는 거의 히스테리 상태가 되더구나.

–계획적이었죠?

그 애가 소리쳤어.

–아이를 나한테서 빼앗아가려는 수작이죠?

그렇지만 일라리아는 네 걱정을 한 게 아니었어. 한정치산자가 되면 자기 일을 한번 시작해보지도 못하고 영원히 할 수 없게 된다는 생각 때문에 괴로웠겠지. 낭떠러지를 향해 두 눈을 가린 채 걸어가면서도 아직도 들판에 소풍 나온 것으로 착각하고 있었던 거야. 그 애는 나한테 변호사를 해임하고 모든 걸 그냥 잊어버리라고 한 후 다른 변호사와 상담을 했지. 그 뒤로 나는 아무 소식도 듣지 못했어. 그 애가 물망초를 들고 찾아온 그날까지.

---

* 심신이 박약하거나 낭비가 심하여 가정법원으로부터 재산의 관리나 처분을 제한하는 선고를 받은 사람. 중요한 재산에 관한 거래 행위를 하는 경우에는 후견인의 동의를 얻어야 한다.

그 애가 식탁에 팔꿈치를 괴고 돈을 요구했을 때 내 기분을 이해할 수 있겠니? 네 엄마에 대해 너무 잔인하게 말한다고 생각할지도 모르겠다. 네 엄마가 나를 미워했던 것이 당연하게 느껴질지도 모르고. 하지만 얘기했듯이 네 엄마는 내 딸이기도 하단다. 난 너보다 더 많은 걸 잃었어. 넌 네 엄마의 죽음에 아무런 죄가 없지만, 난 아니야. 내가 너무 무심하게 얘기하는 것 같다면 이것만은 꼭 생각해다오. 내 슬픔이 얼마나 컸을지, 그걸 말로 어떻게 표현할 수 있을지. 겉만 무심해 보일 뿐, 실은 숨 쉴 수 없을 만큼 막막하고 답답한 심정으로 얘기를 계속하고 있는 거란다.

그 애가 나한테 빚을 갚아달라고 했을 때, 나는 처음으로 그 애에게 안 된다고 말했다. 아주 단호하게.

-난 스위스 은행이 아니야. 난 그럴 돈도 없고, 있더라도 주지 않을 거야. 넌 네 행동에 책임을 져야 하는 성인이야. 내가 가진 재산이라곤 그 아파트가 전부였다. 내가 그걸 잃는다고 해도 난 아무것도 해줄 게 없어.

그 애가 울기 시작했어. 말을 시작했다가 얼버무리고 다시 다른 말을 시작했지. 난 거기서 어떤 의미도, 논리도 찾을 수가 없었어. 십 분 정도 구슬피 울더니 자기가 가장 좋아하는 주제로 돌아가더구나. 아빠가 자기에게 했던 나쁜 짓들. 그중 제일 나쁜 건 자기한테 관심이 없었던 거라고.

－난 보상을 원해요. 알겠어요?

그 애가 무시무시한 눈빛으로 소리쳤지. 그때 난 폭발해버리고 말았어. 무덤까지 가져가려 했던 비밀이 내 입술에서 새어나왔지. 말하자마자 아차 하는 생각과 함께 모든 것을 되돌리고 싶었어. 그 말들을 다시 삼킬 수만 있다면 무슨 짓이든 할 텐데. 하지만 너무 늦어버렸어.

－그 사람은 친아빠가 아니야.

이 말은 이미 그 애의 귀에 닿았지. 얼굴이 창백하게 질린 그 애는 날 노려보면서 천천히 일어서더구나.

－뭐라고 했어요?

겨우 들릴락 말락 한 목소리였지. 이상하게도 난 진정되었어.

－들었을 텐데. 내 남편이 너의 아빠가 아니라고.

일라리아가 어떻게 했을 것 같니?

마치 로봇처럼 돌아서서 대문을 향해 걸어가더니 그냥 나가버렸어.

　-잠깐만, 얘기 좀 하자!

　난 쉬된 목소리로 소리쳤지.

　내가 왜 그때 의자에서 일어나지 않았을까? 왜 뒤쫓아가지 않았을까? 그 애를 말리기 위해 왜 아무것도 하지 않았을까? 그건 내가 한 말에 나 역시 마비되었기 때문이었어.

　이해해주렴. 긴 세월 동안 아주 조심스럽게 지켜온 비밀이 갑자기 밖으로 튀어나왔어. 열린 새장 문틈으로 순식간에 날아가 버린 카나리아처럼. 도저히 그걸 잡을 수가 없었단다.

　그날 오후 여섯 시쯤이었어. 아직 멍한 상태로 수국에 물을 주고 있을 때 교통경찰들이 찾아왔지. 사고 소식을 전해주더구나.

　밤이 깊었구나. 조금 쉬었다 왔단다. 버크랑 새에게 먹이를 주고, 나도 좀 먹고, 텔레비전도 잠깐 보았지. 너덜너덜해진 내 껍데기로는 격렬한 감정을 오래 견딜 수 없구나. 얘기를 계속하려면 기분 전환을 하고, 숨도 좀 골라야 했어.

너도 알다시피, 네 엄마는 곧바로 세상을 뜨지는 않았어. 열흘
동안 생사의 갈림길을 넘나들었지. 나는 내내 네 엄마 곁을 지켰
어. 단 한 순간만이라도 그 애가 눈을 뜨고, 내게 용서를 빌 기회
를 주기 바랐어. 기계로 가득 찬 조그만 방에 동그마니 우리 둘뿐
이었지. 조그만 모니터가 그 애의 심장이 아직 뛰고 있다는 걸 알
려주었어. 하지만 뇌는 이미 멈춘 상태였지.

담당의사가 이런 환자들은 평소 좋아하던 소리를 들으면 나아
질 수도 있다고 말해주더구나. 그래서 난 그 애가 어릴 때 좋아했
던 노래 테이프들을 가지고 와서 몇 시간씩 들려줬지. 뭔가가 그
애에게 가 닿는 것도 같았어. 첫 번째 곡을 듣자 그 애의 표정이
좀 더 편안해지더니 젖을 먹은 갓난아기처럼 입을 오물거리기
시작했어. 아마 뇌의 한구석에 저장되어 있던 행복했던 한때의
기억을 떠올리며 거기로 잠시 피신했던 건지도 몰라. 이 작은 변
화가 나를 기쁨에 젖게 했어. 이런 상황에서는 누구나 지푸라기
라도 잡게 마련이지. 만족스럽게 미소 짓는 것 같은 그 애의 머리
를 쓰다듬으면서 난 계속 얘기했어.

–아가. 이겨내야 해. 우리가 함께할 수 있는 시간이 아직 많이

남아 있어. 다시 시작할 수 있어. 모든 게 달라질 거야.

그때 내 눈앞에는 정원을 돌아다니는 너댓 살 무렵의 그 애 모습이 보였어. 좋아하는 인형과 쉴 새 없이 이야기를 하고 있었지. 난 부엌에 있어서 뭘 하는지 알 수 없었지만, 가끔씩 그 애의 웃음소리가 들려왔지. 아주 따뜻하고 행복 가득한 웃음이었지. 그래. 한 번이라도 행복했던 적이 있다면 다시 행복해질 수 있어. 그 어린아이에서부터 다시 한번 삶을 시작해보는 거야.

의사는 그 애가 살아난다 해도 예전처럼 정상적인 생활은 하지 못할 거라고 했지. 장애가 남을 수도 있고, 뇌에 영구적인 손상을 입을 수도 있다고. 난 그 애가 살아 있기만 하다면 어떤 상태라도 상관없었단다. 이기적인 모성이었지. 휠체어를 밀고 몸을 씻겨 주고 수프를 떠먹이면서, 그 애를 돌보는 걸 내 삶의 유일한 목적으로 삼으면서 속죄할 수 있을 것 같았다. 만약 내가 그 애를 진정으로 사랑했다면, 내 온 마음을 다해 사랑했다면, 그 애가 편안히 숨을 거두기를 기도했겠지.

하늘의 어떤 분이 그 애를 나보다 더 사랑하셨던 모양이야. 구일째 되던 날 늦은 오후, 그 애는 얼굴에서 희미한 미소를 거두며 떠나버렸단다. 난 바로 알았어. 하지만 당직 간호사를 부르지 않고 그냥 앉아 있었어. 그 애 곁에 조금 더 머물고 싶었어. 얼굴을 쓰다듬고, 그 애가 어렸을 때 그랬던 것처럼 손을 꼭 쥐고서.

–아가, 우리 아가.

난 그 애의 손을 잡은 채 무릎을 꿇고 앉아 기도를 올렸단다. 울음이 터졌지.

간호사가 들어와 내 어깨를 만졌을 때까지도 나는 계속 울고 있었어.

–저를 따라오세요. 진정제를 좀 드릴게요.

난 진정하고 싶지 않았어. 내 슬픔이 옅어지지 않기를 바랐어. 그 애가 영안실로 실려 갈 때까지 난 거기 그대로 있었어. 그러고는 택시를 타고 네가 머물던 일라리아의 친구 집으로 갔지. 그날 밤, 너를 우리 집으로 데려왔단다.

–엄마는 어디 있어?

저녁을 먹을 때 네가 물었지.

–엄마는 떠났단다.

내가 말했지.

-여행, 아주 긴 여행을 떠났어. 하늘나라로.

넌 아무 말 없이 다시 먹기 시작했지. 나는 네 작은 금발머리를 바라보았어. 저녁을 다 먹고 나자 네가 아주 심각하게 물었어.

-할머니, 엄마한테 잘 가라고 손 흔들어줘도 돼?

-물론이지, 아가.

너를 안고서 정원으로 나갔지. 너는 별들을 향해 작은 손을 흔들었어. 우린 아주 오랫동안 잔디밭에 서 있었단다.

12월 1일

과거의 잘못이나 거짓말로부터 완전히 도망치는 건 불가능해.
한동안 피할 순 있지만 언젠가 다시 튀어나오게 마련이야.
그땐 손쓸 수도 없이 큰 해를 입게 돼.
우리가 피하고 있는 동안, 과거의 거짓말들은
흉포한 괴물로 변해버리거든.

지난 며칠 동안은 기분이 매우 좋지 않았단다. 특별한 일이 있었던 건 아니야. 몸 상태도 비교적 안정적이었지. 어제 아침 라츠만 부인이 식료품을 가지고 와서는 내 우울한 얼굴을 보더니 달이 차서 그런 것 같다고 하더구나. 그제가 보름이었거든. 사실 달 때문에 밀물과 썰물이 생기고, 채소들은 더 빨리 자라기도 하니 우리 기분에도 영향을 미치지 않을까? 물과 가스, 그리고 미네랄을 빼고 나면 우리를 이루고 있는 건 뭘까?

라츠만 부인이 잡지들을 상당히 많이 두고 갔어. 그것들을 읽으면서 멍청하게 하루를 보냈어. 또 빠져서 읽고 있네, 하면서 혼잣말로 중얼거렸지. 한 삼십 분 만에 휘리릭 읽어버리고 더 중요한 일을 해도 되지만 난 매번 끝까지 꼼꼼하게 읽는단다. 모나코 공주의 불행한 삶이 나를 슬프게 만들고, 읽기 고통스러운 정도로 세세하게 묘사된 최루성 이야기들에 내 심장박동이 빨라지지. 그리고 편지들. 사람들이 그런 편지를 쓸 용기가 있다는 게 놀랍기만 하다. 난 구닥다리 노인네는 아니지만, 그런 자유로움 앞에서는 좀 당황하게 되지.

오늘은 기온이 많이 떨어졌더구나. 가뜩이나 을씨년스러운 내 가슴에 차가운 바람이 불어오는 게 겁이 나서 산책을 나가지 않았어. 얼어붙은 나뭇가지처럼 뚝 부러질 것만 같아서. 네가 아직도 이 글을 읽고 있을지 잘 모르겠구나. 이제 나라는 인간을 더 잘 알게 되어서 너무 불쾌하고 더 이상 읽고 싶지 않을 수도 있겠지. 하지만 난 조급하다고 해서 지금 당장 멈출 수도 없고, 도망갈 수도 없어. 오랫동안 내 마음속에 꽁꽁 묻어두었던 비밀이지만 이제는 더 이상 담아둘 수가 없어.

언젠가 네가 말했었지. 네 삶의 중심에서 정작 너 자신이 빠져 있는 기분이 들어 당황스럽다고 내게 말했을 때 난 늘 그런 감정 속에 살아왔다고 말했던 적이 있지.

네가 그렇게 느꼈던 건 아마 친아빠가 누군지 모르기 때문일 거야. 그렇지? 너에게 네 엄마가 어디로 가버렸는지 이야기해주는 건 슬프지만 너무도 당연한 내 의무였지. 하지만 네 아빠에 대해서는 대답할 수 없었어. 왜냐고? 사실 나조차 누군지 전혀 모르기 때문이란다. 어느 해 여름, 혼자서 터키로 긴 여행을 떠난 일라리아는 임신한 상태로 돌아왔어. 그때가 이미 서른을 넘긴 나이였지. 그때 네 엄마 또래의 여자들은 이상한 광풍에 휩싸여 있었어. 어떻게 해서든 아이를 갖고 싶다는 거였지. 누구와 어떤 방법으로 아이를 낳을 건지는 아무 상관이 없었어.

그 당시엔 거의 모든 여자들이 페미니스트였단다. 네 엄마 역시 친구들과 모임 하나를 만들었지. 그 애들의 생각에 동의하는 부분도 많았지만, 개중에는 아주 왜곡되고 건강하지 못한 것들도 있었어. 이를테면 '여성은 자기 몸의 주인으로서 완전한 결정권을 가져야 한다'와 같은 것들이었지. 그러니 아이를 낳을지 말지는 여자의 결정사항이고 남자는 그저 생물학적으로 필요한 도구일 뿐이라는 거야. 네 엄마만이 그런 행동을 했던 건 아니었어. 그 애 친구들 두서너 명이 같은 방식으로 아이를 가졌으니까. 물론 이해가 가긴 해. 생명을 탄생시키고 나면 자신이 전지 전능하다고 느껴지지. 죽음, 어둠, 존재의 불확실성 같은 것들은 뒤로 물러나버리고, 자신의 일부분이 다시 세계의 한가운데로 뛰어드는 듯한 느낌. 이 기적 앞에선 다른 모든 것들은 자취를 감춘단다.

네 엄마와 친구들은 인간도 다른 동물들과 다를 바 없다고 믿었어. 그들은 말했지.

-암컷들은 짝짓기를 할 때만 수컷들과 같이 지내. 그 후론 각자의 길을 가지. 그리고 새끼들은 암컷과 함께 살아.

이게 사실인지 아닌지 확인할 방법이 없구나. 하지만 우리는 인간이고, 모두 서로 다른 얼굴로 태어나지. 일생 동안 이 얼굴로 살아야 해. 이 얼굴 안에 모든 게 들어 있어. 나 자신의 역사와 아버지와 어머니, 조부모와 증조부모, 기억조차 못하는 먼 친척들이 다 내 얼굴 안에 있어. 그 얼굴 아래 있는 게 바로 개성이야. 조상들이 물려준 좋은 점과 나쁜 점들이 다 거기 있는 거야. 그래서 얼굴은 우리의 첫 번째 정체성이 되고, 끊임없이 이렇게 외치는 거란다. '여길 봐. 여기 내가 있어.'

열서너 살 무렵, 너는 거울 앞에서 긴 시간을 보내곤 했단다. 물론 뾰루지나 코에 난 여드름을 자세히 보려고 그랬겠지만, 다른 이유도 있었어. 네 얼굴 중에서 외가 쪽을 닮은 부분을 빼고, 나머지로 네 아빠의 얼굴을 그려보려는 거였지. 아마 네 엄마와 친구들도 이런 상황은 생각하지 못했을 거야. 어느 날 아이가 거울을 보면서 자기 안에 다른 사람이 들어와 있다는 사실을 알게 되리라는 것, 그 다른 사람에 대해서 너무도 알고 싶어 하리라는 것. 어떤 사람들은 일생에 걸쳐 부모의 얼굴을 찾아 헤매기도 한단다.

일라리아는 아이가 성장하는 데 유전적 요인은 중요하지 않다고 믿었어. 중요한 건 교육과 환경, 양육뿐이라고 생각했어. 난 거기에 동의할 수 없단다. 환경적 요인과 태생적인 요인이 반반씩 영향을 미친다고 생각하거든.

네가 학교에 입학하기 전까지는 아무 문제가 없었단다. 아빠에 대해 물어본 적이 없었으니까. 나 역시 그 문제를 교묘하게 회피했었지. 그런데 학교에 들어가자마자 친구들과 선생님들 덕분에, 네 일상에서 뭔가가 결핍되어 있음을 깨달은 거야. 물론 결손

가정 아이들도 많았지만 너처럼 아버지의 자리가 완전한 비어 있는 경우는 거의 없었거든. 겨우 여서일곱 살짜리 아이에게 내가 무슨 설명을 할 수 있었겠니? 네 엄마가 너를 가진 곳이 터키였다는 것 말고는 아무것도 몰랐단다. 그래서 난 네가 잉태된 그 나라를 이용해 이야기를 하나 꾸며냈지.

매일 밤 너에게 읽어주곤 하던 동양의 동화책이 한 권 있었지. 그걸 모델 삼아서 너를 위해 이야기 하나를 지어낸 거야. 아직 기억하고 있니? 네 엄마와 아빠는 초승달 왕국의 공주와 왕자였어. 그들은 서로 너무 사랑했고, 사랑을 위해서라면 죽을 각오도 되어 있었어. 많은 신하들이 그들을 질투했지. 그중 가장 사악하고 힘이 센 대신이 공주와 아직 배 속에 있던 아기에게 저주를 걸었어. 다행히 충성스러운 신하가 왕자에게 이 사실을 알린 덕분에, 공주는 농부의 아낙네로 변장한 채 성을 떠날 수 있었어. 그리고 터키로 피신해서 너를 낳은 거란다.

-그럼 내가 공주 딸이야?

넌 눈을 반짝이며 묻곤 했지.

-물론이지. 하지만 이건 비밀 중의 비밀이야. 아무에게도 이

얘기를 하면 안 돼.

이 괴상한 거짓말로 뭘 얻어내려고 한 걸까? 네가 몇 년 동안 이나마 고민 없이 지내는 것? 결국 난 아무것도 얻지 못했어. 어느 날부터인가 넌 바보 같은 이 이야기를 더 이상 믿지 않았거든. 그리고 날 증오하기 시작했어. 그때의 나로서는 그런 이야기라도 할 수밖에 없었단다. 없는 용기를 아무리 긁어모아도 너에게 이렇게 말할 수는 없었으니까.

-네 아빠가 누군지 몰라. 아마 네 엄마도 모를걸.

그땐 성 해방의 시대였어. 오늘은 이 남자와, 내일은 저 남자와 성적 탐닉에 빠져도 그런 성 행위는 정상적인 육체의 기능이라고 생각되던 때였지. 네 엄마 역시 남자친구가 무척 많았어. 한 달 이상 가는 경우가 드물었지. 일라리아는 태생적으로 불안정한 아이였어. 다른 사람들처럼 이런 불안정한 사랑을 버텨낼 힘이 없었지. 하지만 난 그 애를 한 번도 말린 적이 없었단다. 심지어 꾸짖지도 않았어. 나 역시 갑작스런 이런 풍조에 당황스러웠으니까. 내게 난잡한 행동들보다 더 충격적이었던 건 그 애의 메말라버린 감정이었어. 모든 금기들과 개개인의 특별함이 없어지면서 열정도 사라져 갔어. 일라리아와 친구들은 지독한 감기에 걸린 채 파티에 온 손님들 같았어. 주는 건 뭐든 예의바르게 먹지만 아무런 맛도 느끼지 못하는. 그들에게는 당근이든 구운 고기든 케이크든 모두 똑같은 맛일 뿐이지.

네 엄마가 아버지도 모르는 아이를 낳기로 결심한 데는 그런 사회 분위기가 크게 작용했단다. 하지만 그게 전부는 아니었어. 그 애 마음속에서 일어난 일을 어떻게 전부 알 수 있겠니? 어쩌면 그 애는 자기 아빠가 친아빠가 아니라는 사실을 직감했을지도 몰라. 그래서 그렇게 불안하고 초조했던 걸까? 그 애가 어린 아이였을 때, 사춘기였을 때, 처녀였을 때는 이런 생각을 해본 적이 없단다. 내가 지어낸 이야기는 완벽했어. 그런데 그 애가 임신 삼 개월의 몸으로 터키 여행에서 돌아왔을 때, 그 모든 것들이 다시 내게로 돌아왔단다. 과거의 잘못이나 거짓말로부터 완전히 도망치는 건 불가능해. 한동안 피할 순 있지만 언젠가 다시 튀어나오게 마련이야. 그땐 손쓸 수도 없이 큰 해를 입게 돼. 우리가 피하고 있는 동안, 과거의 거짓말들은 흉포한 괴물로 변해버리거든. 진실을 폭로하는 순간, 괴물들은 무시무시한 탐욕으로 우리와 주변의 모든 것들을 먹어치운단다.

열 살 무렵, 어느 날 학교에서 돌아온 네가 울면서 말했지.

-거짓말쟁이!

그러고는 네 방으로 들어가 문을 꽝 닫더구나. 내가 들려준 이야기가 거짓말이라는 걸 알아버린 거지.

거짓말쟁이. 이게 내 자서전 제목이 될 수도 있을 것 같구나. 난 태어나서 단 한 번의 거짓말을 했어.

그 거짓말 때문에 난 세 사람의 인생을 망쳐버렸지.

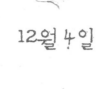

12월 4일

운명은 때로 우리 자신보다 상상력이 풍부하지.
더 이상 도망갈 데가 없다고 생각될 때,
가장 깊이 절망했다고 느낄 때,
모든 것이 돌풍처럼 빠르게 변해버리거든.
모든 것이 뒤집히고, 우리 앞엔 새로운 삶이 펼쳐진단다.

새는 아직도 내 눈앞에 있어. 오늘은 식욕이 더 없는 것 같아. 상자에 가만히 앉아서 지저귀지도, 머리를 밖으로 내밀지도 않고 머리 깃털만 겨우 보이는구나. 난 감기에 걸렸는데도 오늘 아침 라츠만 씨 부부와 함께 종묘상에 갔었단다. 가기 직전까지도 마음을 정하지 못했었어. 날씨가 꽤 추웠거든. 게다가 내 마음속 깊은 곳에서 이런 목소리가 들렸어.

 -꽃을 더 심는 게 지금 나에게 뭐 그리 중요하다고…….

 약속을 취소하려다가 창문 밖으로 다 시들어가는 정원을 보았어. 이기적으로 생각했던 게 후회되더구나. 난 이제 다시 봄을 맞이하기 힘들겠지만, 너에게는 앞으로도 수많은 봄이 남아 있는데 말이야.

 요즘은 아주 불안하단다. 편지를 쓰지 않을 땐 이 방 저 방 돌아다니는데, 어디서도 안정을 찾을 수가 없구나. 서글픈 기억에서 벗어나 편안히 쉴 수 있는 방법 같은 건 떠오르지 않아. 기억이란 냉장 보관한 음식과 비슷한 것 같아. 오랫동안 냉장고에 넣어두었던 음식을 꺼내면 처음엔 냄새도 맛도 없이 벽돌처럼 단단하고, 하얀 성에로 뒤덮여 있지. 하지만 불 위에서 조리를 하면 조금씩 원래의 모양과 빛깔을 되찾고 그 향기가 부엌을 가득 채우지.

슬픈 기억도 마찬가지란다. 오랜 시간 가슴속 동굴들 중 하나에 활기 없이 놓여 있다가, 어느 날 문득 표면 위로 떠오르면서 그때의 고통이 고스란히 되살아나는 거야.

이제 너에게 내 자신에 대해, 내 비밀에 대해 말하려 한다. 그러자면 내가 아직 젊었던 시절부터 이야기를 시작해야 해. 난 그때 비정상적으로 고립된 상태에서 살고 있었어. 물론 어릴 때부터 죽 그랬지. 그땐 여자들이 똑똑하다는 게 별로 자랑거리가 되지 못했어. 자고로 아내란 조신하고 사랑스럽고 아이 잘 낳으면 그만이었으니까. 남자들은 자꾸 질문하고, 호기심 많고, 활동적인 여자를 신붓감으로 원하지 않았지. 그래서 젊었을 때의 난 언제나 혼자였단다. 사실 열여덟 살에서 스무 살까지는 내가 예쁜데다 부잣집 딸처럼 보였기 때문에 남자들이 줄을 섰었지. 하지만 마음을 열고 내 생각을 얘기하는 순간 모두들 달아나버렸어. 물론 나도 조신한 척할 수 있었지만, 다행인지 불행인지 내 진정한 자아가 그때까지는 살아 있었단다.

너도 알다시피 난 아버지의 반대로 대학에 가지 못했어. 하지만 내 희망을 버릴 순 없었지. 항상 지식에 굶주려 있었어. 의학을 전공하는 남자를 만나면 끝없이 그에게 질문을 해댔어. 모든걸 알고 싶었거든. 공학도를 만났을 때도, 법학도를 만났을 때도 마찬가지였지. 나 때문에 많이들 놀랐을 거야. 사람 자체보다 그 사람이 어떤 공부를 하고 있는가에 더 관심 있는 것처럼 보였을 테니까. 때때로 여자 친구들과 얘기할 때면, 난 그들의 세계가 너무도 멀게 느껴졌어. 그 애들에게는 있고, 나에게는 없었던 것, 그건 바로 내숭이었지.

남자들은 겉으로는 거만하고 자신감에 넘쳐 보였지만, 속으로는 나약하고 순진했어. 그들에게는 어떤 지렛대 같은 게 있어서 그중 하나만 눌러주면 힘 안 들이고 너무나 쉽게 요리를 할 수 있단다. 나는 이걸 뒤늦게야 깨달았지만, 내 친구들은 열대여섯의 나이에 이 사실을 다 알고 있었지. 그 애들은 남자들과의 '밀고 당기기' 게임에 천부적인 소질을 보였어. 남자들의 쪽지에 답장을 했다가 안 했다가, 데이트를 허락했다가 거절했다가, 때로 아주 늦게 나타나기도 하면서. 댄스파티에서 남자들의 몸 한 부분을 살짝 스치면서 어린 암사슴 같은 눈으로 남자들을 바라보지. 이게 바로 여자들의 내숭이라는 거야. 하지만 난 그때 그런 일들을 이해할 수 없었어. 이상하게 들리겠지만 난 페어플레이 정신이 아주 강했단다. 남자들을 속이는 비열한 짓은 할 수 없었어. 밤새도록 얘기를 나눠도 결코 피곤하지 않을 남자, 같은 감정을 느끼고, 같은 생각을 하고 있음을 느끼게 해줄 그런 남자를 언젠가는 만날 거라고 기대했지. 그때가 되면 값싼 속임수들이 없어도 진정한 우정과 존경심 위에서 사랑을 시작할 수 있을 거라고 믿었어.

나는 남자들에게 사랑이 담긴 우정을 기대했어. 이런 관계는 보통 두 사람 사이가 동등할 때 맺어지는 관계지. 이성보다는 오히려 동성 간의 관계와 비슷한 거야. 나를 쫓아다니던 남자들은 내 이런 생각을 알고 소스라치게 놀랐지. 난 점점 조신한 여자의 역할로 숨어들었어.

친구들이 아주 많았지만 그 애들이 나한테 하고 싶은 이야기란 연애에 관한 것뿐이었지. 친구들이 하나둘씩 결혼을 하면서 어떤 땐 결혼식에 가는 것 말고는 아무것도 한 일이 없을 정도였어. 내 또래의 여자들이 아이를 낳을 동안 난 여전히 노처녀로 남아 있었고 거의 결혼을 포기한 채 부모님과 함께 살았어.

-도대체 무슨 생각으로 그러는 거니?

어머니가 말했지.

-이 사람도 싫고, 저 사람도 싫고. 이게 가당키나 한 말이냐?

부모님들이 보기에 내가 남자와 사귀지 못하는 건 내 괴상한 성격 때문이었어. 내가 그걸 죄송스러워 했을까? 잘 모르겠구나.

솔직히 말해서 난 나만의 가족을 꾸리고픈 마음이 별로 없었어. 아이를 낳고 키운다는 게 나한테는 어려운 일로만 보였고 아무 죄도 없는 생명에게 내가 받았던 고통을 대물림하는 건 아닐까 두려웠어. 게다가 난 부모님 집에 살고 있었지만, 독립한 것과 다름없이 대부분의 시간을 자유롭게 보냈지. 난 그리스어와 라틴어 개인교사를 하면서 약간의 돈을 벌었고 누구에게도 말하지 않고 도서관에서 오후 내내 있어도 상관없었어. 가고 싶다면 언제든 산으로 짧은 여행을 떠날 수도 있었고.

사실 다른 여자들에 비하면 굉장히 자유로운 삶이었지. 그 자유를 잃게 될까 봐 두려웠어. 하지만 세월이 흐르면서 내가 누리는 자유와 겉으로 보이는 행복이 다 거짓처럼 부자연스럽게 느껴졌어. 처음엔 특권이라고 생각했던 고독이 나를 짓누르기 시작했단다. 부모님들은 점점 늙어가셨지. 나는 매일 중풍에 걸려서 잘 걷지도 못하는 아버지를 부축해서 신문을 사러 가곤 했어.

스물일고여덟 살쯤 가게 창문에 비친 내 모습을 보는데 참 늙었다는 생각이 들더구나. 내 삶이 어디로 가고 있는지 문득 깨달은 거야. 곧 아버지가 세상을 떠나고, 어머니도 뒤를 따르겠지. 그러면 난 책만 가득한 텅 빈 집에 혼자 덩그러니 남겨지겠지. 시간을 때우려고 자수를 놓거나 수채화에 빠져들다 보면 몇 년이 금세 지나가고 어느 날 내 모습이 오랫동안 보이지 않으면 누군가가 경찰에 신고를 하겠지. 그러면 경찰들이 문을 부수고 들어와 바닥에 쓰러져 있는 나를 발견하겠지. 죽은 곤충들이 허물만 남겨놓고 사라지듯이 나도 그렇게 껍데기만 남긴 채 죽어 있겠지.

제대로 살아보지도 못한 채 여자로서의 내 몸이 시들어가고 있는 것 같아 슬펐어. 난 꽤 똑똑하다고 자부했고 책도 많이 읽었지만 그때까지도 진정한 대화 상대를 만나지 못한 상태였단다. 아버지는 나를 자랑스러워하시면서 이런 말씀까지 하셨어.

－올가는 아는 게 너무 많아서 절대 결혼하지 않을걸?

하지만 그 총명함을 써먹을 데가 없었단다. 긴 여행조차 갈 수 없었고, 뭔가를 깊이 공부할 수도 없었어. 대학을 다니지 못해서 날개를 잘린 것 같다고 느끼기도 했지. 하지만 내가 아무것도 할 수 없었던 건, 내 재능을 발휘할 수 없었던 건 대학에 못 가서가 아니었어. 고고인류학자 슐리만은 독학한 끝에 트로이를 발굴해냈지.

나를 묶어놓았던 건 오래전 아르구스의 죽음 이후 내 안에 자리 잡은 죽음의 그림자, 바로 그것이었어. 내 안 깊숙한 곳에 도사린 그 장애물 때문에 난 앞으로 한 발자국도 나가지 못하고 가

만히 앉아서 기다릴 수밖에 없었지. 도대체 뭘? 전혀 생각이 나
질 않는구나.

　아우구스토가 처음 우리 집에 오던 날, 눈이 내렸었지. 눈이 거
의 오지 않는 지역이었기 때문에 지금도 또렷하게 기억이 나는
구나. 아우구스토는 눈 때문에 조금 늦게 점심식사 시간에 도착
했지. 아버지와 같은 커피 수입상이었던 그는 아버지와 사업 양
도를 의논하기 위해 트리에스테에 왔던 거야. 중풍에 걸린 데다
아들도 없는 아버지는, 회사를 팔고 말년을 평화롭게 보내기로
결심하셨지.
　아우구스토를 처음 봤을 땐 난 그에게서 전혀 호감을 느끼지
못했어. 그는 우리 지역 사람들이 흔히 쓰는 표현대로, 허세가 심
한 전형적인 이탈리아 남자였지. 이상한 일이지만, 우리 인생에
서 중요한 역할을 하게 되는 사람의 첫인상에서 전혀 호감을 느
끼지 못하는 경우가 종종 있어. 점심식사 후에 아버지는 낮잠을
주무시러 들어가고, 나는 기차 시간이 될 때까지 손님과 함께 거
실에 앉아 있었어. 아주 성가셨지. 그가 질문을 할 때마다 나는

예, 아니오, 라고만 대답했어. 그가 질문하지 않으면 나도 말없이 앉아 있었지. 떠나면서 그가 말했어.

-그럼 잘 있어요, 아가씨.

난 오만한 귀족이 자기보다 신분이 낮은 사람을 대하듯 그에게 손을 내밀었지.

-이탈리아 사람치고는 꽤 괜찮은 편이에요.

엄마가 그날 저녁을 먹으면서 말했어.

-아주 성실한 사람이야. 게다가 사업 수완도 좋지.

아버지가 덧붙였지. 그러고 나서 무슨 일이 일어났는지 아니? 내 혀가 제멋대로 움직이기 시작했어.

-그런데 결혼반지를 안 끼고 있던데요?

내가 갑자기 쾌활하게 소리치자 아버지가 대답했어.

-가엾은 사람. 아내가 죽었단다.

나는 부끄러워서 얼굴이 빨갛게 물들었단다.

이틀 후 개인교습을 끝내고 돌아오는 길에, 현관 앞에서 은색 종이로 싼 소포를 발견했어. 내 생애 처음으로 받아본 소포였지만 누가 보냈는지 짐작조차 못하겠더구나. 쪽지가 안에 들어 있었어.

　-이 과자들, 아직 맛보지 않으셨겠죠?

　그날 밤, 과자들을 침대 옆에 놔둔 채 나는 쉽게 잠들지 못했단
다. 아버지에 대한 예의로 보낸 것이겠지? 하나씩 하나씩 그 과
자를 먹으면서 속으로 그렇게 중얼거렸지. 삼 주 후에 그가 다시
트리에스테로 왔어. 점심을 먹으면서 그는 '사업차' 왔다고 하더
구나. 하지만 이번에는 곧바로 돌아가지 않고 시내에 머물렀어.
작별 인사를 하기 전에 그는 나와 드라이브를 가도 괜찮겠느냐
고 아버지께 허락을 구했고 아버지는 나와 얘기도 해보지 않고
곧바로 허락하셨어.

　우리는 오후 내내 도시를 돌아다녔어. 그는 여러 유적들에 대
해서 물어볼 뿐 별로 말이 없었어. 주로 내 대답을 주의 깊게 들
었지. 내 말에 귀를 기울이다니. 이건 정말 기적이라고 느꼈단다.

　그는 떠나는 날 아침에 나에게 빨간 장미 한 다발을 보내주었
어. 어머니는 완전히 흥분했지. 난 안 그런 척했지만, 기다리고
또 기다렸다가 그의 쪽지를 펼쳐보았단다. 그는 곧 주말마다 우
리를 찾아왔어. 트리에스테에 매주 토요일에 왔다가 일요일에

돌아가곤 했지. 어린 왕자가 여우를 어떻게 길들였는지 기억나니? 매일매일 굴 앞에 가서 여우가 나오기를 기다리지. 여우는 아주 조금씩 어린 왕자를 알아보게 되고, 두려움을 이겨내지. 그뿐 아니라 어린 왕자를 연상시키는 것을 보기만 해도 설레기 시작했어. 그와 똑같은 방법에 넘어간 나는 매주 목요일이면 설레기 시작했어. 그가 나를 길들인 거야. 한 달이 지나자 내 모든 생활은 주말을 중심으로 돌아갔지. 우리들 사이에 친밀감이 싹트는 데는 그리 오랜 시간이 걸리지 않았어. 마침내 같이 이야기할 수 있는 상대를, 내 총명함과 지식에 대한 욕구를 알아주는 누군가를 만나게 된 거야. 난 그의 침착함과 내 말을 경청하는 태도가 좋았어. 나이 많은 남자가 젊은 여성에게 줄 수 있는 안정감과, 보호받는다는 느낌도 마음에 들었지.

우리는 1940년 6월 1일에 간소한 결혼식을 올렸어. 열흘 후에 전쟁이 터졌단다. 어머니는 베네토 산에 있는 조그만 마을로 피난을 갔고, 나는 남편과 함께 그의 고향 아킬라로 갔지.

하지만 전쟁이라는 역사적 비극도 나에게 그리 큰 인상을 남기지 못했단다. 그 시대를 직접 살지 않고 책으로만 읽은 넌 내 말을 잘 믿을 수 없을지도 몰라. 파시스트들이 정권을 잡고, 인종 차별법이 공포되고, 전쟁이 발발했지만 나는 오직 나에게 닥쳐 온 불행들, 내 영혼의 아주 미세한 변화에만 신경을 썼어. 정치적 의식이 있는 소수를 제외하면, 우리 지역 대부분의 사람들이 나 처럼 행동했지. 예컨대 아버지는 파시즘을 단순한 광대짓이라고 여겼고, 집에서 총통을 '수박 장수'라고 부를 정도였지만 관리들 과 저녁을 먹으러 가서는 밤늦게까지 정치 이야기를 나누다 오 곤 했어. 나 역시 토요 집회가 우스꽝스럽고 따분했지만 매번 집 회에 참석할 수밖에 없었지. 과부처럼 검은 옷을 입고 노래를 부 르며 행진했단다. 아버지나 나나 평화롭게 살고자 한다면 참고 견뎌야 하는 성가신 일들일 뿐이라고 생각했어. 영웅이 아닌 평 범한 보통 사람들의 생존 방식이지. 그때나 지금이나 평화로운 삶이라는 건 모든 사람들의 소망 중 하나 아니겠니?

아킬라에서 우리 부부는 아우구스토 가문의 집에서 살았어. 시내 중심에 위치한 고급 단지 안의 아주 넓은 아파트였지. 가구 들은 모두 어둡고 육중한 데다 조명도 침침해서 전반적으로 음침해 보였어. 처음 안에 들어섰을 때 나는 심장이 내려앉는 것 같았단다. 이곳이 내가 앞으로 살아갈 곳인가? 그것도 만난 지 겨우 6개월 된 남자와 함께? 게다가 친구 하나 없는 이 도시에서? 내가 낙담한 걸 눈치챘는지 남편은 처음 이 주 동안 내 기분을 좋게 해주기 위해 부단히 노력했어. 하루걸러 근처 산으로 드라이브를 갔지. 우리 둘 다 소풍을 아주 좋아했어. 아름다운 산들과 깊숙이 들어앉은 언덕 꼭대기 마을들의 풍경은 예수 성탄화를 연상시켰고, 난 다시 안정을 되찾을 수 있었어. 내 고향과 거의 비슷한 느낌이었거든. 우리는 참 많은 이야기를 나누었어. 아우구스토는 자연을 사랑했고, 특히 곤충을 좋아했지. 등산을 하면서 나에게 많은 것을 설명해주기도 했어. 지금 내 자연 지식들은 모두 그가 알려준 것들이란다.

말하자면 그 이 주 동안이 우리의 신혼여행이었던 셈이야. 여행이 끝나자 그는 다시 일을 시작했고, 나는 거대한 아파트에 홀로 남아 새로운 삶을 시작했지. 늙은 가정부 하나가 집안일을 도맡았기 때문에, 나는 다른 중산층 부인들처럼 식사 메뉴를 짜는 것 외에는 거의 할 일이 없었어. 그래서 매일 멀리까지 산책을 나갔어. 아주 빠른 걸음걸이로 거리를 오르내리다 보면 머릿속에 수많은 생각들이 스쳐 지나갔어. 하지만 그때의 내가 맞닥뜨린 상황을 이해하는 데 별 도움이 안됐지. 무작정 길을 걷다 갑자기 멈춰 서서 스스로에게 물었지. 그를 사랑하는 걸까? 아니면 이 모든 게 엄청난 실수일까?

저녁에 거실에 같이 앉아 있을 때, 그를 쳐다보면서 곰곰이 생각했지. 내가 지금 뭘 느끼고 있지? 다정함, 그건 확실해. 그도 나한테 똑같이 다정함을 느꼈겠지. 하지만 이게 사랑일까? 정말 이게 전부일까? 이전에 사랑에 대한 어떤 감정도 느껴보지 못했기 때문에 난 답을 찾을 수가 없었어.

한 달 후, 남편은 처음으로 나에 대한 소문을 들었지.

-독일 여자 하나가 온종일 혼자서 거리를 배회하고 다닌대.

나는 말문이 막혔지. 내가 자란 곳과는 관습이 달랐어. 단순히 산책 좀 한 것이 그렇게 큰 소문이 될 줄은 까마득히 몰랐지. 아우구스토는 언짢아했지만 내가 이 상황을 납득하지 못하고 있다는 건 알아챘어. 그는 평온한 생활과 자신의 체면을 위해서, 앞으로는 좀 자제해 달라고 부탁하더구나. 6개월 동안 그렇게 살았더니 온통 진이 빠지고 내 안에 살던 죽음의 그림자가 점점 거대해졌어. 나는 자동인형처럼 움직였고, 눈빛도 흐릿해졌지. 내 말소리가 아주 멀리서, 다른 사람이 말하는 것처럼 들려왔단다.

나는 아우구스토 동료 부인들을 만나기 위해 매주 목요일마다 시내에 있는 카페에 가곤 했지. 우리는 연령대가 비슷했지만, 공통적인 화제라곤 찾을 수가 없었어. 같은 나라 말을 쓴다는 것 빼고는 공통점이 아예 없는 듯했단다.

아우구스토는 그만의 일상으로 돌아가버렸어. 오래지 않아 그는 그 지역 남자들의 전형적인 행동 방식을 그대로 따랐지. 식사를 할 때는 거의 아무 말도 하지 않고, 내 질문에도 아주 간단하게만 대답했지. 저녁을 먹고 나서는 클럽에 가버렸고, 집에 있을 땐 서재에 틀어박혀 곤충 표본을 정리했어. 그는 미지의 곤충을 최초로 발견해, 자신의 이름을 과학책과 언론에 영원히 남기려는 야망을 갖고 있었어. 난 조금 다른 방식으로 그의 이름을 남겨주고 싶었지. 바로 아이를 통해서 말이야. 그때 이미 난 서른이었고, 시간은 점점 빠르게 흐르고 있었어. 상황이 별로 좋지 않았단다. 첫날밤은 실망스러웠고, 그 후로도 우리 사이엔 별 일이 없었어. 아우구스토에게 필요한 건 식사를 같이 해줄 사람, 혹은 일요일 날 성당에 가서 남들에게 자랑스럽게 보여줄 사람이었구나 하는 생각이 들었어.

그는 조신한 아내의 이미지만을 원했을 뿐, 살아 있는 인간으로서의 나에게는 철저히 무관심했어. 결혼 전의 그 유쾌하고 대답을 잘해주던 남자는 어디로 간 것일까? 사랑은 결국 이렇게 끝나버리는 걸까? 아우구스토가 이런 말을 한 적이 있었어. 수컷새는 봄에 암컷을 유혹하면서 같이 둥지를 짓자고 소리 높여 노래 부른다고. 그 역시 소리 높여 노래 불렀지. 하지만 나를 차지해 둥지 안에 두자마자 내 존재에 흥미를 잃었어. 나는 그냥 거기 있고, 그를 따뜻하게 해주는 존재였지. 그러면 족한 거였어.

그를 미워했느냐고? 아니. 이상하게 들리겠지만 난 그를 미워하지 않았어. 누군가가 나에게 상처를 주거나 나쁜 짓을 해야 미워할 수 있는데, 아우구스토는 전혀 그러지 않았으니까. 그게 나의 진짜 문제였단다. 고통이 차라리 나아. 적어도 그 고통에 맞서 싸울 수 있으니까. 가장 나쁜 건 아무 일도 없는 거야. 맞서 싸울 수조차 없거든.

물론 난 부모님에게 모든 것이 다 좋다, 아무 일도 없다고 말하곤 했지. 그때마다 행복한 신부처럼 보이려고 무진 애를 썼어. 부모님은 내가 좋은 사람과 결혼했다고 확신했고, 나도 그 믿음이 흔들리지 않기를 진심으로 바랐어. 엄마는 계속 산속에 숨어 지냈고, 아버지는 홀로 집에 머물러 계셨지. 아버지는 한 달에 한 번씩 으레 이렇게 물으셨어.

-좋은 소식 없니?

그러면 나는 아직요, 하고 대답했어. 손주를 무척 기다리고 계셨던 거야. 아버지는 나이가 들면서 온화해지셨고, 덕분에 우리는 전보다 훨씬 친밀하게 지낼 수 있었어. 그래서 더더욱 아버지를 실망시키고 싶지 않았어. 하지만 임신이 늦어지는 진짜 이유를 말씀드릴 용기도 없었지. 어머니는 미사여구로 가득 한 장문의 편지를 내게 보내왔어. 나의 사랑하는 딸에게. 편지 첫머리에 이렇게 시작한 다음, 그날 일어났던 사소한 일들을 아주 세세하게 적으셨지. 끝에는 새로 태어날 손주를 위해 아기 옷을 여러 벌 지어놓았다고 하셨어.

나는 점점 시들어가고 있었어. 매일 아침 일어나 거울을 보면 하루하루 추해져 가는 내 모습이 보였어. 때때로 나는 저녁에 아우구스토에게 이렇게 물었지.

-우리는 왜 대화를 하지 않죠?

-뭐에 대해서?

그는 곤충을 볼 때 쓰는 확대경에서 눈도 떼지 않은 채 대답하곤 했지.

-모르겠어요. 서로 이야기나 하나씩 해보면 어때요?

그러면 그가 고개를 저었어.

-올가. 당신은 공상이 지나쳐.

개 주인과 개는 오랜 시간 같이 살면서 서로 닮아간단다. 그런 일이 남편에게도 일어나고 있었어. 세월이 흐를수록 남편은 딱정벌레와 비슷해져 갔어. 움직임도 유연하게 이어지지 않고 뚝뚝 끊어지고 목소리도 높낮이가 없는 금속성으로 변해 갔지. 그는 곤충과 일에만 몰두했고, 그 외에는 아무것도 관심이 없었어. 한번은 땅강아지라는 무시무시한 곤충을 집어서 나에게 보여주었어.

-이 턱을 좀 봐. 이걸로 뭐든 다 먹을 수 있어.

　그날 밤 나는 꿈을 꾸었지. 거대한 땅강아지로 변한 남편이 내 웨딩드레스를 먹어치우는 꿈이었어.

　일 년 후, 우리는 각방을 쓰기 시작했어. 그는 밤늦게까지 딱정벌레 보기를 좋아했어. 날 방해하고 싶지 않다고 하더구나. 내 결혼 생활이 아주 비정상적이고 끔찍했던 것처럼 들리겠지만, 사실 그 시절엔 흔한 일이었어. 그때 결혼 생활이란 둘을 위한 작은 지옥이었지. 둘 중 하나는 얼마 안 가서 굴복하고 마는 작은 지옥.

　왜 저항하지 않았느냐고? 왜 짐을 싸서 트리에스테로 돌아오지 않았느냐고?

　그 당시엔 별거나 이혼 같은 것이 없었기 때문이야. 결혼이 깨지는 건 심한 학대를 당하거나, 아내가 반항적이어서 밤도망을 해버리는 경우뿐이었어. 하지만 난 전혀 반항적이지 못했어. 아우구스토는 손찌검은 물론이고 언성을 높인 일조차 없었어. 그는 내게 아무것도 부족하지 않게 해주었어. 일요일 미사가 끝나면 우리는 제과점에 들렀어. 그는 내가 사고 싶은 건 무엇이든 다 사주었지.

아침에 일어날 때마다 내 기분이 어땠는지 짐작이 가니? 삼 년 동안의 결혼 생활 이후, 내 머릿속에는 온통 죽음에 대한 생각뿐이었어.

아우구스토는 사별한 전처에 대해선 거의 얘기를 하지 않았어. 어쩌다 내가 조심스럽게 물어보면 화제를 돌리곤 했지. 시간이 흐르면서, 겨울 오후에 유령이 나올 것 같은 방들을 배회하면서, 나는 그의 전처인 아다가 병이나 사고로 죽은 게 아니라 자살한 거라고 결론지었어. 가정부가 외출하면 나는 그 증거를 찾아 서랍을 뒤지고, 판자를 뜯어내곤 했지. 비 내리던 어느 날, 옷장 밑바닥에서 여자 옷을 발견했어. 그 어두운 빛깔의 드레스를 꺼내어 입어보았지. 내 몸에 딱 맞더구나. 거울에 비친 내 모습을 보자 울음이 터졌어. 자신의 운명을 이미 알아버린 사람처럼 나는 숨죽여 울었어. 구석방에는 신앙심이 깊었던 아우구스토의 어머니가 쓰던 나무 기도대가 있었지. 어찌할 바를 모를 때마다 그 방에 틀어박혀서 무릎을 꿇고 손을 모았단다. 기도를 했느냐고? 모르겠구나. 내 위에 있는 누군가와 이야기를 하려고 했던 것 같아. 나는 이렇게 말하곤 했지.

－신이시여. 길을 찾게 해주십시오. 이것이 나의 길이라면 견디도록 도와주십시오.

나는 결혼한 여자의 의무로서 성당을 찾곤 했는데, 그로 인해 내 마음속에 묻어왔던 어릴 적 질문들이 새삼스레 다시 떠올랐어. 향료 냄새와 오르간 음악 때문에 머리가 어지러웠지. 성서의 구절을 들을 때면 내 안에서 무언가가 미약하게 떨려 왔어. 하지만 거리에서 미사복을 입지 않은 신부를 만나게 되었을 때, 그의 납작하고 구멍 뚫린 코와 작은 눈을 보았을 때, 그가 세속적이고 가식적인 질문들을 내게 던졌을 때, 모든 떨림은 멈추어 버렸단다. 나 자신에게 이렇게 말했지.

－봐, 종교는 사기일 뿐이야. 허약한 사람들이 삶의 무게를 견뎌내도록 도와주는 사기술.

그럼에도 불구하고 난 조용한 집에서 성경 읽기를 즐겼어. 예수님의 말씀 중 많은 부분이 평범하지만은 않다는 걸 느꼈지. 난 열정적으로 성경을 읽고 또 읽었어.

우리 가족은 종교를 믿지 않았어. 아버지는 자신을 자유주의자라고 생각했지. 어머니는 이미 오래전에 기독교로 개종한 집안 출신이었지만, 자신은 그저 부모님을 거스르지 않기 위해 교회에 나갔다고 해. 어쩌다 어머니에게 종교 문제를 여쭤보면 이렇게 대답하셨지.

ㅡ난 모른다. 우린 종교가 없잖니.

'종교가 없다.' 이 말은 형이상학적 문제들에 대해 의문을 품었던, 아주 예민했던 내 유년기를 바위처럼 짓눌렀지. 사실 참 치욕스러운 말이었어. 우린 스스로 존중하지도 않는 어떤 것을 얻기 위해 종교를 버린 셈이었지. 우린 배신자였고, 배신자가 갈 곳은 천국에도 지상에도 없었어.

그래서 내가 서른 살까지 얻은 종교 지식이라곤, 어릴 때 수녀들이 해준 얼마 안 되는 얘기들이 전부였지.

ㅡ하나님의 왕국은 네 안에 있다.

나는 텅 빈 집을 배회하면서 중얼거리며 그곳이 어디일지 상상해보려 애썼지. 나 자신의 내면으로 눈을 돌려 잠망경을 통해

보듯 육체의 가장 내밀한 구석까지, 정신의 가장 신비한 심연까지 살살이 바라보았어. 하나님의 왕국이 대체 어디 있다는 거야? 난 찾을 수 없었어. 내 마음엔 짙은 안개가 드리워져 있었고 낙원, 하면 떠오르는 빛나는 초록 언덕 같은 건 어디에도 없었지. 정신이 좀 맑은 날이면, 다른 많은 노처녀들과 과부들처럼 내가 미쳐가고 있구나, 하고 중얼거렸어. 나는 눈에 띄지 않게 서서히 정신착란에 빠지고 있었어. 이렇게 몇 년을 보내자, 옳은 것과 그른 것을 구분하기가 점점 더 어려워지더구나. 근처 성당에서는 십오 분마다 종을 울렸어. 난 그걸 듣지 않으려고 귀를 틀어막곤 했단다.

나는 아우구스토의 박제된 곤충들이 사실은 살아 있다는 생각에 사로잡혔어. 밤이면 곤충들이 집 안을 돌아다니며 딱딱 소리를 내는 걸 들었지. 그것들은 벽을 기어오르기도 하고, 부엌 타일이나 거실 카펫 위를 스치고 가기도 했어. 나는 침대에 숨죽이고 누워서 곤충들이 내 방 안으로 기어들어오는 걸 떨면서 기다렸지. 아우구스토에게는 이런 내 상태를 숨기려 했어. 아침이면 웃음을 지으며 점심에 뭘 먹을 건지 말했고, 그가 나갈 때까지 계속

웃고 있었어. 그가 집에 돌아오면 변함없이 기계적인 미소로 그를 맞았지.

내 결혼 생활과 함께 전쟁이 오 년째로 접어들 무렵 2월에 트리에스테가 폭격을 당했어. 그 마지막 포탄에 내 유년 시절을 보낸 집이 날아가 버렸어. 유일하게 희생된 건 아버지의 말이었지.

그땐 텔레비전이 없었기 때문에 소식이 느리게 퍼졌지. 나는 다음 날 아버지의 전화를 받고서야 집이 사라진 걸 알았단다. 아버지의 목소리를 듣자마자 난 무언가 심각한 일이 벌어졌다는 걸 직감했지. 오래전에 살기를 포기한 사람의 목소리 같았어. 이젠 내가 돌아갈 곳조차 없어졌구나. 나는 절망 속에서 이삼일 동안 멍한 상태로 집 안을 배회했어. 무기력한 날 흔들어 깨울 수 있는 건 아무것도 없었어. 앞으로의 내 생은 변함없이 단조롭고 무미건조할 거야, 죽는 그날까지. 그렇게 포기하고 있었지.

사람들이 항상 저지르는 실수가 뭔지 아니? 삶이 변하지 않을 거라고, 일단 어떤 트랙에 들어서면 그 라인을 끝까지 따라갈 거라고 믿는 거란다. 하지만 운명은 때로 우리 자신보다 상상력이 풍부하지. 더 이상 도망갈 데가 없다고 생각될 때, 가장 깊이 절망했다고 느낄 때, 모든 것이 돌풍처럼 빠르게 변해버리거든. 모든 것이 뒤집히고, 우리 앞엔 새로운 삶이 펼쳐진단다.

집이 폭격당하고 두 달 뒤 전쟁이 끝났어. 나는 곧장 트리에스테로 갔어. 부모님들은 이미 임시 거처로 옮겨 갔지만 해결해야 할 현실적인 문제들이 아주 많았지. 떠난 지 겨우 일주일 만에 난 아킬라에서의 생활을 거의 잊을 수 있었어. 한 달 후에 아우구스토가 왔어. 그는 아버지로부터 사업을 양도받아 운영하고 있었는데, 전쟁 중에는 다른 사람에게 운영을 맡겼었지. 내 부모님은 이제 너무 늙은 데다 집도 없었어. 아우구스토는 그 자리에서 고향을 떠나 이곳으로 이사하기로 결정했어. 그러고는 고원 지역의 이 작은 정원 딸린 집을 계약했고 그해 가을엔 이 집으로 이사를 할 수 있었어.

모든 이들의 예상을 깨고 아버지보다 어머니가 먼저 세상을 뜨셨어. 초여름에 돌아가셨지. 산골 마을에서 고독과 두려움에 떤 세월이 강건한 몸을 좀먹었던 것 같아. 어머니가 죽고 나자 난 아이를 갖고 싶다는 열망에 다시 사로잡혔어. 아우구스토와 다시 한 방을 쓰기 시작했지만, 우리 사이엔 거의 아무 일도 없었지. 난 많은 시간을 정원에서 아버지와 함께 보냈어. 어느 따뜻한 오후, 아버지가 말씀하셨어.

―온천이 간에도 좋고, 여자들한테도 참 좋다더라.

이 주 후에 아우구스토는 나를 베니스행 열차에 태워주었어. 베니스에서 기차를 갈아타고 볼로냐로 갔고, 또 한 번 갈아타고 저녁때가 다 되어서 포레타 온천에 도착했어. 솔직히 말하자면 난 온천의 효능을 별로 믿지 않았지. 단지 혼자 있고 싶어서 떠나온 거였어. 아주 오랫동안 그러지 못했기 때문에, 나 자신에게 친구가 되어주고 싶었단다.

너무나 고통스러웠지. 내 안에 거의 모든 것이 불타 까만 숯으로 남았어. 비, 태양, 그리고 상쾌한 공기만이 나에게 에너지를 줄 수 있었어. 그 에너지로 아주 작은 부분이나마 되살리려 했던 거야.

12월 10일

내 몸과 마음 사이에
무수히 작은 창문들이 있다는 걸 깨달았단다.
그 창문들이 열리면 감정들이 자유롭게 왔다 갔다 하고,
창문들이 닫히면 감정들이 더 이상 흐르지 못하지.
사랑만이 그 문들을 활짝 열어젖힐 수 있어.
거세게 부는 바람처럼 말이야.

네가 떠난 후로 신문을 거의 읽지 않았어. 너 대신 신문을 사다 주는 사람이 없었기 때문이지. 처음엔 신문이 있었으면 했지만, 이젠 오히려 안심이 되는구나. 아이작 싱어*의 아버지가 했다는 말이 생각났어. 그는 현대인들의 가장 나쁜 습관은 매일 신문을 읽는 거라고 했지. 아침은 정신이 가장 또렷하고 활짝 열려 있는 시간인데 그 좋은 시간에 전날 일어난 나쁜 일들을 머릿속으로 모조리 쏟아붓는다는 거야. 물론 그가 살던 시대엔 신문만 무시하면 자신을 보호할 수 있었겠지만, 지금은 아니지. 라디오와 텔레비전을 단 일 초만 켜두어도 온갖 나쁜 소식들이 몸속으로 파고드니까.

• 폴란드 출신 미국 작가로 1978년에 노벨문학상을 받았다.

오늘 아침에도 그랬단다. 난 옷을 입으면서 지역 뉴스를 듣고 있었지. 나흘 동안이나 억류되어 있던 난민들의 입국을 허용했다는 소식이 흘러나왔어. 국경을 넘을 수도, 다시 돌아갈 수도 없는 난민들 중엔 노인과 병자, 어린아이와 여자들도 많았단다. 1차 파견단이 적십자 캠프에 도착해서 난민들을 보살펴주고 있다는구나. 이렇게 가까이에서, 이렇게 야만적인 전쟁*이 벌어지고 있다는 사실에 마음이 착잡했어. 전쟁이 시작되고부터 심장에 가시가 박힌 것처럼 아팠단다. 알아, 아주 진부한 표현이지. 하지만 실제로 내 느낌이 그랬다. 전쟁이 발발하고 일 년이 지나자 내 슬픔은 분노로 바뀌기 시작했어. 아무도 이 상황에 개입하지 못하고, 그 끔찍한 살육을 멈추지 못한다는 사실을 믿기 힘들었어. 그러고 나서 난 단념을 했지. 거기엔 유전(油田)이 아니라,

---

* 1991년 발발한 유고 내전을 가리킨다. 유고 내전은 1991년 6월 27일 유고슬라비아 연방군이 슬로베니아와 크로아티아의 독립을 막기 위해 슬로베니아를 침공함으로써 시작되어, 슬로베니아 → 크로아티아 → 보스니아 → 코소보 등지로 싸움터를 옮겨가면서 벌어졌다. 그 사이 주요 민족의 분포에 따라 6개 공화국, 2개 자치주로 이루어졌던 유고슬라비아 연방국은 슬로베니아·크로아티아·보스니아-헤르체고비나·신유고 연방·마케도니아로 분리 독립되어, 민족 간 대립을 격화시켰다.

돌로 덮인 산들이 있을 뿐이라고. 시간이 흐르면서 더욱 거세진 분노가 지금까지도 나를 갉아먹고 있구나.

이 나이에 전쟁에 이렇게 큰 영향을 받는다는 게 우스워보일지도 모르겠다. 하루에도 수십 개의 전쟁이 벌어지는 마당에, 팔십 년이 넘게 살았으면 이제 그만 익숙해질 법도 한데 말이다. 내가 태어난 뒤로 수많은 난민들과 군대들이 카르소 고원의 키 크고 누런 풀 사이를 가로질러갔지. 처음엔 1차 대전 때 보병들을 실은 열차가 지나갔고, 그다음엔 그리스·러시아 전쟁의 패잔병들이 지나갔지. 그러고 나서 나치와 파시스트의 살육이 이곳을 휩쓸었어. 지금 또다시 국경을 따라 포탄 소리가 들리는구나. 발칸반도의 대량학살과 난민들의 탈출 행렬이 시작된 거지.

몇 년 전에 베니스행 기차 안에서 나보다 약간 젊은 여자와 같은 칸에 타게 됐어. 일행과 나누는 이야기를 잠깐 들어보니, 그 여잔 영매인 것 같더구나.

카르소 고원을 지나는데 그녀가 이런 말을 했어.

–이 지역을 걷다 보면 죽은 사람들의 목소리가 들려요. 두 걸

음도 못 가서 그들 목소리에 귀가 멍해질 정도예요. 아주 끔찍하게 울부짖거든요. 젊은 나이에 죽은 사람일수록 크게 소리를 지르죠.

그녀 말로는 한번 폭력이 휩쓸고 간 곳은 완전히 공기가 바뀐다고 하더구나. 공기가 부패하고 진해지면서 사람들을 더 잔인하게 만들기 때문에 한번 피를 뿌린 곳에서는 다시, 그리고 더 많은 피를 뿌리게 된다는 거야.

-땅은 흡혈귀 같은 거예요. 한 번 피 맛을 보면 자꾸만 원하게 되죠. 항상 신선한 피를 원해요. 결코 만족을 모르죠.

영매는 이렇게 결론을 내리더구나.

수년 동안 나는 내가 살았던 곳이 저주받은 땅이 아닌가 생각했었어. 지금도 같은 의문을 품고 있지만 답은 모르겠구나. 나와 같이 몬루피노에 갔던 때가 기억나니? 북풍이 불어올 때 우리는 비행기에서 내려다보는 것처럼 경치를 구경하면서 한 시간 정도 머물렀지. 사방으로 아주 멀리까지 다 보였지. 그때 우린 누가 먼저 돌로미티의 정상이나 베니스를 찾아내는지 내기를 했어. 이제 난 다시는 그곳에 갈 수 없겠지. 그 경치를 다시 기억해내려고 눈을 감아본단다.

기억이 부리는 마술 덕택에 마치 내가 아직도 그 산 전망대에 서 있는 것 같구나. 모든 것들이 그때 그대로 내 앞에 펼쳐지고 바람 소리나 계절의 향기까지 하나도 빠짐없이 모두, 기억이 난다. 난 세월에 스러져 가는 화강암 기둥과, 탱크들이 실전 훈련을 하던 황량한 공터와, 푸른 바다에 반쯤 잠긴 어두컴컴한 이스트리아 반도를 바라보며 서 있다. 나를 둘러싼 모든 것들을 바라보면서 수천 번 던졌던 질문을 또다시 던진단다. 이 모든 조화를 깨뜨리는 불협화음이 있다면 도대체 어디에 있는 걸까?

나는 카르소 고원을 무척 사랑하기 때문에 그 질문에 대한 답을 얻을 수가 없는 것 같다. 내가 한 가지 확실하게 아는 게 있다면 자연환경에 따라 거기 사는 사람들의 성격도 달라진다는 거야. 내가 가끔 딱딱하고 날카로워질 때가 있다면, 너 역시 마찬가지라면, 그건 아마 카르소 고원에서 계속 불어오는 바람과 끊임없는 침식작용 때문일 거야. 우리가 만약 좀 더 완만한 지역에 살았더라면 훨씬 온화한 성격이 되었을지도 모르지.

오늘은 내게 작은 저주가 내렸단다. 아침에 부엌에 들어갔더

니 찌르레기가 죽어 있지 뭐냐. 지난 며칠 동안 그 녀석의 상태가
별로 좋지 않았어. 아주 조금씩밖에 먹지 못하고, 심지어 먹다가
졸기까지 하더니 동이 트기 전에 죽은 것 같더구나. 손으로 들어
올리니 머리가 망가진 용수철처럼 이리저리 흔들리고 몸은 아주
가볍고 부서질 듯 연약했고, 차가웠다. 한참 동안을 쓰다듬어준
다음 따뜻하라고 천으로 싸주었지. 밖에는 눈이 펑펑 쏟아지기
시작했어. 난 버크를 방 안에 두고 밖으로 나왔어. 땅을 팔 힘이
없어서 부드러운 흙이 있는 정원 구석에 발로 작은 구덩이를 만
들고 새를 묻어주었지. 그리고 기도를 올렸단다. 예전에 너와 내
가 작은 새들을 묻을 때면 올리곤 했던 그 기도였어.

　-하나님. 다른 모든 생명을 받아들이셨듯이 이 작은 생명도 받
아주소서.

　네가 어렸을 때 우린 참 많은 새들을 보살피고 살리려 애쓰곤
했지. 폭풍이 지나간 후면 우리는 다친 새들을 구해 정성껏 그 새
들을 치료해주곤 했지만 대부분 소용이 없었지. 하루 이틀이 지
나면 죽고 말았으니까. 그런 날은 어찌나 슬프던지. 그런 일들이
수없이 일어났지만 넌 그때마다 혼란스러워했어. 새를 묻어준

후 손등으로 눈물을 훔치고는 슬픔을 이겨내기 위해 네 방에 틀어박혔지.

어느 날 넌 내게 엄마를 어떻게 하면 찾을 수 있느냐고 물었어. 천국은 너무 넓은데 길을 잃으면 어떻게 하느냐고 말이야. 난 너에게 천국은 큰 호텔 같은 거라고 했지. 사람들이 죽으면 그 호텔에 방 하나씩을 얻게 된다고. 그래서 생전에 서로 사랑했던 사람들이 거기서 다시 만나 영원히 함께 지내게 된다고. 한동안은 이런 말로 널 안심시킬 수 있었지. 하지만 네 번째인가 다섯 번째인가 금붕어가 죽었을 때 넌 그 얘기를 다시 꺼내더구나.

-그런데 천국의 방이 다 차면 어떻게 해요?

-천국의 방이 다 차면 눈을 감고, "넓어져라, 방들아" 하고 계속해서 말해. 그러면 순식간에 방들이 커지게 될걸?

이런 어릴 적 일들을 아직 기억하고 있니? 아니면 네 단단한 껍데기가 그것마저 몰아내 버렸니? 나도 오늘 새를 묻어주면서야 이 일들이 생각났단다. 넓어져라, 방아! 얼마나 멋진 마술이니? 아마 네 방은 벌써 풋볼게임 관중석처럼 가득 차 있을 것 같구나. 네 엄마, 햄스터들, 참새들, 금붕어들……. 나도 곧 거기 낄 것 같다.

내가 네 방에 들어가도 되겠니? 아니면 네 방 가까이에 다른 방을 빌려야 할까? 거기에 나의 첫사랑을 초대해도 될까? 이제 널 네 할아버지에게 소개시켜 줘도 될까?

포레타역에 내렸던 9월의 어느 저녁, 난 무슨 생각을 하고 있었을까? 정말 아무 생각도 없었단다. 밤나무 냄새가 공기 중에 가득했고, 난 그저 내가 예약한 숙소를 찾을 걱정만 하고 있었어. 그때만 해도 너무 순진했던 나는 운명의 끊임없는 계략을 전혀 모르고 있었어. 세상 모든 일들은 내 의지에 달려 있다고 굳게 믿었지. 그런데 기차역에 내리는 그 순간, 내 의지는 어디론가 날아가 버렸어. 나는 평화롭게 지내는 것 말고는 아무것도 원하지 않았어.

바로 그날 저녁에 네 할아버지를 만났단다. 그는 내 숙소의 식당에서 다른 사람과 저녁을 먹고 있었어. 식당에는 그들밖에 없었는데, 격렬하게 정치 토론을 벌이고 있더구나. 네 할아버지의 목소리가 신경에 거슬려서 저녁을 먹는 내내 그를 째려보았지. 그런데 다음 날 보니 그 사람은 리조트의 담당 주치의였어! 그는 한 십 분 동안 내 건강 상태에 대해 묻더구나. 검진을 위해 옷을 벗는데 부끄러운 일이 생겼어. 내가 온 힘을 다해 일한 사람처럼 땀을 흘리기 시작한 거야. 내 심장 소리를 듣더니 그가 말했지.

─이런, 세상에. 놀랍군요.

그러고는 약 올리듯 웃음을 터뜨렸지. 그가 내 혈압을 재기 시작하자 혈압계의 눈금이 거의 끝까지 올라갔어.

─고혈압이신가요?

난 속으로 진정하자고 되뇌었지. 그는 의사로서 자기 일을 하고 있을 뿐이며 이런 식으로 흔들리는 건 정상적이지도 않고, 점잖아 보이지도 않는다고. 하지만 아무리 이성적인 말을 반복해봐도 진정할 수 없었어. 그의 방을 나올 때 그가 문가에서 처방전을 주면서 악수를 청했어.

─편안히 휴식을 취하세요. 그렇지 않으면 온천물도 효험이 없어요.

그날 저녁, 식사를 마친 후에 그가 내 테이블로 와서 앉았어.

그다음 날에 우리는 시내로 산책을 나가서 많은 이야기를 나눴지. 처음엔 신경에 거슬리던 그의 쾌활함이 나를 매혹시키기 시작했어. 그가 말하는 모든 것에는 열정이 담겨 있었고, 곁에 있으면 그에게서 뿜어져 나오는 열기에 나까지도 따뜻해졌지.

얼마 전, 신문에서 읽은 최근 이론에 따르면 사랑은 심장이 아니라 코에서부터 시작된다는구나. 두 사람이 만나 좋아하게 되면 서로 호르몬을 보내기 시작하는데, 이게 콧구멍을 통해서 뇌까지 이르게 된다는 거야. 그리고 거기 어딘가 비밀스러운 구석에서 사랑의 폭풍을 만들어낸다는구나. 요컨대 감정이란 보이지 않는 냄새와 다름없다는 거지. 말도 안 되는 소리지? 진정한 사랑, 말로 표현할 수 없을 만큼 위대한 사랑을 경험해본 사람이라면 이런 주장이 얼마나 우스운 건지 잘 알 거야. 사랑은 결국 마음이 움직여서 일어나는 것이니까. 물론 사랑하는 사람의 냄새는 우리를 흥분시키지. 하지만 그전에 단순한 냄새와는 다른 근원적인 이끌림이 있었던 거야.

네 할아버지, 에르네스토와 가까이 지내던 그 시절에 나는 처음으로 내 몸에 어떤 경계가 없다는 느낌을 받았어. 내 주변을 형체 없는 후광이 에워싸고 있는 것 같았어. 내 몸이 커지기도 하고, 내가 움직일 때마다 파르르한 떨림이 생겨나기도 했지. 며칠 동안 물을 주지 않으면 식물들이 어떻게 되는지 아니? 이파리들이 빛을 향해 곧게 뻗지 못하고 토끼 귀처럼 축 늘어져. 이전의 내 삶이 꼭 그런 모습이었단다. 굶어죽지 않을 만큼의 영양분을 밤이슬에게 얻었을 뿐이지. 난 내 발로 서 있을 정도의 힘만으로 만족하며 살았단다. 그런데 단 한 번이라도 물을 주면, 식물들은 되살아나게 되어 있어. 이파리도 고개를 들고 말이야. 그런 일이 나에게도 일어났어. 도착한 지 엿새가 지나고 아침에 거울을 보니 나는 딴 여자가 되어 있더구나. 피부는 부드러워졌고, 눈은 더 밝게 빛났으며 옷을 입을 때는 나도 모르게 노래가 흘러나왔어. 어린 시절 이후로는 한 번도 없던 일이지.

이런 달콤한 기분 한편으로 불편하거나 고통스럽지는 않았느냐고? 결혼한 여자로서 다른 남자와의 우정을 어떻게 가볍게만 여길 수 있었겠니. 하지만 솔직하게 고백하자면 내 마음속에 불안이나 의심 같은 것이라고는 없었단다. 내가 특별히 개방적인 사람이어서가 아니라 내 몸이 변화하고 있었고, 난 순수하게 그 변화를 만끽하고 있었지. 나는 차가운 겨울 거리를 헤매다가 따뜻한 우리를 겨우 찾은 강아지처럼 아무것도 묻지 않고 그 속에서 따뜻함을 즐겼던 거지. 그때까지 난 오랜 시간 나 스스로 여자로서 매력을 잃어버렸다고 생각해왔어. 그래서 어떤 남자가 나를 여자로 느끼리라고는 상상조차 하지 못했지.

첫 번째 일요일, 성당으로 가고 있는데 내 옆으로 에르네스토의 자동차가 멈춰 섰어. 그가 차창 밖으로 고개를 내밀고 물었지.
 ─어디 가십니까?
 성당에 간다고 대답하자마자 그가 문을 열며 말했어.
 ─하나님은 당신이 교회에 가는 것보다 숲속을 기분 좋게 산책하기를 바라실 거예요.
 한참을 차로 달린 후 우리는 밤나무 숲으로 이어지는 오솔길 입구에 도착했어. 울퉁불퉁한 길을 걷기엔 적당하지 않은 신발을 신고 있었던 나는 계속 넘어질 듯 비틀거렸어. 에르네스토가 내 손을 잡아주는 순간, 그게 이 세상에서 가장 자연스러운 일처럼 느껴졌어. 우리는 아무 말도 하지 않고 계속 걸었어. 가을의 향기가 가득하고, 땅은 촉촉하고, 나뭇잎들은 곱게 물들어 있었어. 나무들 사이를 통과한 햇빛이 형형색색으로 부드럽게 퍼져 나갔지. 마침내 우리는 한가운데 거대한 밤나무가 서 있는 공터에 다다랐어. 내가 어릴 적 좋아했던 떡갈나무를 떠올리면서 밤나무를 쓰다듬으며 그 위에 뺨을 갖다 댔지. 갑자기 에르네스토가 자기 머리를 내 머리에 기댔어. 우리는 아주 가까이서 서로의 눈을 바라보았지.

다음 날, 난 그를 만나고 싶지 않았어. 우정이 뭔가 다른 걸로 변하고 있었고, 난 생각할 시간이 필요했으니까. 난 더 이상 어린 소녀가 아니라 결혼한 여자였고, 책임이 따랐지. 그 역시 결혼한 몸이었고, 아들도 하나 있었어. 내가 죽기 전까지 어떤 삶을 살게 될 것인지 전부 알고 있다고 생각했었는데……. 그런데 내가 생각지도 못했던 일이 갑자기 터져버린 거야. 어떻게 해야 할지를 모르겠더구나. 새로운 상황을 처음 대할 땐 언제나 두렵지만 앞으로 나아가려면 그 두려움을 극복해야만 한다. 잠시 이런 생각이 들었지.

　-이건 너무 바보 같은 짓이야. 여태까지의 내 삶이 모두 산산
조각나고 말 거야. 모든 걸 잊어야 해. 지금까지 일어난 일들을
모두 지워버려야 해.

　그러나 다음 순간 이걸 놓쳐버리는 게 가장 바보 같은 짓이라
는 생각이 들었어. 어린 시절 이후 처음으로 내가 살아 있음을 느
끼고 있었으니까. 나를 둘러싼 모든 것, 내 안의 모든 것들이 떨
리고 있었어. 이걸 포기하는 건 불가능해 보였어. 그러나 한편으
로는 의심도 생겼지.

　-그가 혹시 날 가지고 놀려는 건 아닐까? 그가 바라는 건 그저
순간의 즐거움일지도 몰라.

　내 방에 쓸쓸히 앉아 있는 동안 머릿속에서는 이런 생각들이
요동치고 있었단다.

　너무 흥분한 나머지 그날 새벽 네 시까지 잠을 잘 수가 없었지
만 이상하게도 다음 날 아침 전혀 피곤하지 않았어. 옷을 입으면
서 노래를 흥얼거리기 시작했어. 살고 싶다는 맹렬한 욕구가 지

난밤 내 안에서 새로 생겨난 것 같았어. 열흘째 되던 날, 나는 아우구스토에게 엽서를 한 장 보냈어.

―공기는 아주 좋은데, 음식은 그저 그렇네요.

거기에 사랑스러운 키스를 담아 보냈지. 나는 그 전날 밤을 에르네스토와 함께 보냈단다.

그날 밤, 난 내 몸과 마음 사이에 무수히 작은 창문들이 있다는 걸 깨달았단다. 그 창문들이 열리면 감정들이 자유롭게 왔다 갔다 하고, 창문들이 닫히면 감정들이 더 이상 흐르지 못하지. 사랑만이 그 문들을 활짝 열어젖힐 수 있어. 거세게 부는 바람처럼 말이야.

포레타에 머문 마지막 주 내내 우리는 한시도 떨어져 있지 않았어. 아주 오래 산책을 하고, 목이 아프도록 이야기를 했어. 아우구스토와 나누던 대화와는 너무나 달랐어. 에르네스토는 늘 열정으로 가득 차 있었고 모든 어려운 주제들을 놀랄 만큼 쉽게 풀어냈지. 우리는 때로 신에 대해, 구체적인 현실 너머에 존재하는 것들에 대해 이야기를 나눴지. 그는 과거에 레지스탕스에서 싸웠으며 몇 번이나 죽음을 눈앞에서 목격했고, 그 순간마다 신의 존재를 느꼈다고 말했어. 두려워서가 아니라 의식의 영역이 넓어졌기 때문이라고도 했지.

—난 종교의식을 따를 수 없어요.

그가 말했어.

—난 교회에 발도 들여놔 본 적이 없어요. 교리도 다른 사람이 만들어낸 이야기 같은 건 믿을 수가 없어.

우리는 각자의 입을 통해 말했지만, 아주 오래전부터 알아왔던 사람들처럼 같은 생각을 하고 같은 방식으로 말했어.

우리에게는 남겨진 시간이 별로 없었고. 마지막 며칠 밤은 잠도 거의 자지 않았지. 에르네스토는 운명 예정설에 푹 빠져 있었어.

—한 남자의 일생에서 그와 완벽하게 결합할 수 있는 여자는 오직 한 사람뿐이야. 마찬가지로 한 여자가 사는 동안 완전히 결합될 수 있는 남자도 오직 한 사람이지.

그러나 극소수의 사람들만이 서로의 반쪽을 찾는 운명을 타고 나지. 나머지 수많은 사람들은 항상 불만족스러울 수밖에 없어. 영원히 뭔가를 갈구하면서 살게 되는 거야.

—우리 같은 인연이 얼마나 될까?

어두운 방 안에서 그가 말했어.

–만 번에 한 번, 백만 번에 한 번, 억만 번에 한 번 있을까 말까?

억만 번 중에 한 번. 바로 그거였어. 그 외 다른 만남들은 거래의 결과이거나, 겉모습이나 육체에 이끌린 것들일 뿐이야. 혹은 성격이 비슷해서라거나 사회적 관습에 따라 이루어진 만남일 수도 있고. 이런 생각들을 하고 있는데 그가 말했어.

–우린 정말 운이 좋지? 이런 게 감추어져 있다는 걸 누가 알까?

내가 떠나던 날, 우리는 역에서 함께 기차를 기다렸어. 그는 나를 안고 귀에 속삭였지.

–우린 언젠가 다른 인생에서 이미 만나지 않았을까?

–아주 많이, 아주 자주 만났을 거예요.

난 울면서 대답했어. 내 가방 속에서는 그의 주소가 숨겨져 있었지.

집으로 돌아오는 길에 내가 어떤 기분이었을지 얘기해봐야 소용없을 것 같구나. 마음속은 그야말로 전쟁통처럼 불안하고 소란스러웠지만 집에 도착하기 전에 변신을 끝내야만 했어. 얼굴 표정을 체크하기 위해 화장실을 왔다 갔다 했지. 빛나는 눈빛도, 입가의 미소도 모두 없애야 했어. 발그레한 뺨만은 그대로 두어도 괜찮았지. 좋은 공기 덕에 내가 건강해졌다는 증거였으니까. 아버지와 아우구스토는 내가 아주 많이 좋아졌다고 여겼어.

　-거봐라. 온천물이 효능이 좋다니까.

　아버지가 백 번도 넘게 말했고, 아우구스토는 짧은 찬사로 나를 맞아주었어.

　너도 사랑에 빠지게 되면 사랑의 효과가 얼마나 다양하고 재밌게 나타나는지를 알게 될 거다. 네 안에 사랑이 없고, 누구에게도 마음을 주지 않았다면 세상 어떤 남자도 너에게 관심을 보이지 않을 거야. 그러다 어느 한순간, 한 사람이 네 마음을 훔치고, 너도 그에게 온 마음을 쏟기 시작하면 이상한 일이 생겨. 세상 모든 남자들이 다 너를 쫓아다니기 시작하는 거지. 너에게 달콤한 말을 속삭이고, 사랑을 달라고 애걸하면서 말이야. 이게 다 몸과 마음 사이에 창문들이 열리기 때문이란다. 일단 그 창문들이 열리면 몸은 마음을, 마음은 몸을 거울처럼 환하게 비춰 서로를 빛나게 해주지. 아주 빠른 속도로 따뜻한 후광이 생겨나서 널 감싸게 될 거야. 이 후광이 바로 남자들을 끌어들이지. 꿀 냄새가 곰을 끌어들이듯이.

아우구스토 역시 예외는 아니었어. 나는 그에게 흔쾌히 상냥하게 대했어. 너에게는 아주 이상하게 들리겠지? 물론 그가 조금만 현실 감각이 있었더라면, 조금만 더 교활했더라면 나에게 무슨 일이 생겼는지 금세 알아챘을 거야. 결혼한 뒤 처음으로 나는 소름끼치는 그 곤충들에게 감사했단다.

에르네스토를 생각했냐고? 물론이지. 그것 말고는 실제로 한 일이 없었어. 하지만 생각했다는 표현은 맞지 않는 것 같아. 생각하는 것 이상이었지. 나는 그를 위해 존재했고, 그는 내 안에 존재했어. 우리는 움직일 때마다, 생각할 때마다 언제나 한 몸이었지. 헤어질 때 내가 먼저 편지를 쓰기로 약속했지. 내가 믿을 만한 친구를 먼저 알아놓으면, 그는 그 주소로 답장을 보내면 됐지. 나는 성자의 날에 첫 번째 편지를 보냈어. 그러고 나서 답장을 기다렸지. 그 시간이 너무도 길게 느껴졌단다. 우리 관계가 시작된 이래 가장 끔찍하고 견디기 힘든 시간이었지. 아무리 위대하고 절대적인 사랑이라도 사랑하는 사람에게 버림받을지도 모른다는 의심은 피해갈 수 없어.

어느 날 아침, 아직 바깥은 어둑어둑했고, 나는 잠에서 깬 채 침대에 그대로 누워 있었어. 내 감정을 숨기지 않아도 되는 유일한 시간이었지. 지난 삼 주 동안 일어난 일들에 대해 생각했어. 에르네스토가 결국 바람둥이일 뿐이고, 온천에서의 생활이 막 지겨워질 때쯤 내가 우연히 그 앞에 나타났던 거라면 어떻게 되는 걸까? 시간이 가도 답장이 오지 않자 의심은 확신으로 변했어. 나는 스스로에게 말했어.

－괜찮아. 그게 사실이라고 해도, 내가 순진한 바보처럼 행동했다 해도, 그건 아주 값진 경험이었어. 만약 그렇게 행동하지 않았더라면 난 여자로서 느낄 수 있는 감정이 뭔지도 모른 채 나이가 들고, 그렇게 죽었을 거야.

어떤 식으로든 충격을 조금이라도 줄이기 위해 자기 위안을 했던 거야.

아우구스토와 아버지는 내 기분이 다시 나빠지고 있음을 알아챘어. 나는 아무것도 아닌 일에도 쉽게 분노하고 둘 중 하나가 방에 들어오면 발끈해서 방을 나가버렸지. 혼자 있고 싶었어. 우리가 보낸 이 주일에 대해 차근차근, 아주 집요하게 생각하고 또 생각해봤어. 내 의심을 뒷받침해줄 뭔가가 있지 않을까 해서. 이 고통이 얼마나 계속되었는지 아니? 거의 두 달이었지. 크리스마스 전 주에 드디어 내 친구 집으로 편지가 왔어. 크고 널찍한 글씨체로 쓴 다섯 페이지가량의 편지였지.

나는 갑자기 기분이 좋아졌어. 편지를 쓰고 다시 답장을 기다리는 동안 겨울이 가고 봄이 왔지. 내 마음은 온통 에르네스토에게 빠져 있어서, 시간에 대한 인식까지 달라질 정도였어. 그를 다시 만날 날만을 기다리며 거기에 모든 에너지를 집중하고 있었던 거야. 그의 첫 번째 답장은 사랑이 사라져버릴지도 모른다는 의심을 단번에 날려주었어.

우리의 사랑은 너무도 위대했지. 다른 모든 위대한 사랑들이 그런 것처럼, 우리의 사랑도 평범한 사람들의 그것과는 차원이 달랐어. 멀리 떨어져 있어도 우리는 전혀 괴롭지 않았지. 이상하게 들릴지도 모르겠지만 사실이야. 물론 에르네스토와 나도 서로 떨어져 있어야 하는 현실이 고통스러웠지만 다시 만날 날을 애타게 기다리는 흥분에 비하면 고통은 아무것도 아니었단다.

우리는 둘 다 결혼한 성인이었고, 더 이상 기대할 수 없다는 걸 잘 알고 있었지. 물론 몇 세대 뒤에 이런 일이 벌어졌다면 나는 아마 당장 아우구스토에게 별거를 요구했을 거고 에르네스토 역시 아내에게 그렇게 했을 거야. 그럼 우리는 크리스마스가 되기 전에 같은 집에서 살 수 있었겠지. 이게 더 나았을까? 모르겠구나. 난 쉬운 관계들이 사랑을 진부하게 만든다는 생각을 떨칠 수 없단다. 이렇게 진부해진 사랑에는 열정이 없어. 그저 잠시 동안의 홀림, 그 이상이 될 수 없지.

남편 아닌 다른 애인이 있고, 그를 계속해서 만난다는 게 그 당시로서는 쉬운 문제가 아니었어. 물론 에르네스토는 좀 나았을 거야. 그는 의사니까 회의와 미팅, 혹은 응급 상황 같은 것들을 꾸며낼 수 있었으니까. 하지만 가정주부인 나에게는 사실상 그게 불가능한 일이었어. 나는 몇 시간씩, 혹은 며칠씩 집을 비워도 의심받지 않을 만한 일을 만들어내야만 했지. 그래서 부활절 전에 라틴어 동호회에 들었어. 그들은 매주 모임을 가지고, 문화 답사도 자주 가곤 했단다. 내가 고전어에 대해 관심이 많다는 걸 익히 알고 있던 아우구스토는 아무런 의심도, 불평도 하지 않더구나. 오히려 내가 다시 무언가에 관심을 갖기 시작했다는 사실에 기뻐했지.

그해 여름은 순식간에 왔다 갔어. 6월 말에 에르네스토는 페라라를 떠나 온천에서 지내기로 되어 있었어. 난 아버지, 남편과 함께 해변에 갔지. 7월 내내 내가 아직도 아기를 원한다는 걸 아우구스토에게 확신시켜 주었어. 그리고 8월 31일 아침, 일 년 전과 같은 옷을 입고, 같은 여행 가방을 들고 나는 포레타행 기차를 탔어. 너무 흥분돼서 내내 앉아 있을 수가 없었어. 창가에 서서 일 년 전에 보았던 경치들을 구경했지. 하지만 모든 게 바뀌었더구나.

나는 삼 주 동안 온천에 머물렀어. 그 기간 동안 내 생애 어느 때보다 더 풍요롭게 삶을 만끽했지. 하루는 에르네스토가 일하고 있는 동안 공원으로 산책을 나갔지. 바로 이 순간에 죽는다면 얼마나 아름다울까 하는 생각이 들었어. 큰 행복도, 큰 슬픔도 그 안에는 바로 이런 모순적인 욕망들이 들어 있단다. 숲속의 험한 길이 아주 오랫동안, 마치 몇 년 동안 걸어온 듯한 느낌을 주었어. 앞으로 계속 나가기 위해 땅을 파고 덤불 밑을 지나가기도 했지. 내가 어디쯤에 있는지, 또 어디로 가는지, 나를 기다리고 있는 것이 천 길 낭떠러지인지, 사막인지, 아니면 큰 도시인지 전혀 알 수가 없었어. 그런데 어느 순간 갑자기 숲이 끝나버린 거야. 알지도 못한 채 조금씩 오르다 보니 어느덧 산 정상에 서 있었어. 해는 막 떠올랐고, 앞에 보이는 산들은 아직 안개에 휩싸여 있었지. 모든 것이 흐린 남빛이었고, 가벼운 산들바람이 산의 정상과 내 머리, 그리고 내 생각들을 스쳐 지나갔어. 가끔씩 저 아래서 개 짖는 소리, 교회 종소리 같은 게 들려왔어. 모든 것들이 이상하리만치 가벼우면서도 동시에 강렬했지. 내 안팎의 모든 것들이 아주 또렷해지고 햇살을 가로막는 건 아무것도 없었지. 난 다시 숲속으로 내려가고 싶지 않았어. 그냥 저 푸른 안개 속으로 뛰어들어 거기서 영원히 살고 싶었어. 이제 가장 높은 곳에 다다랐으니 삶을 그 정점에 남겨두고 싶었어.

그날 저녁 에르네스토와 식사를 할 때까지도 계속 그런 생각을 하고 있었단다. 하지만 그에게 말할 용기는 나지 않더구나. 그가 웃어버리지 않을까 두려웠거든. 늦은 밤 그가 내 방에 와서 나를 껴안았을 때에야 그의 귀에 속삭일 수 있었어. 난 이렇게 말하려고 했단다.

－난 죽고 싶어요.

하지만 내 입에서 무슨 말이 나왔는지 아니?

－아기를 갖고 싶어요.

포레타를 떠날 때 난 임신한 사실을 알고 있었어. 에르네스토 역시 알고 있었을 거야. 마지막 며칠 동안 그는 매우 혼란스러워 어쩔 줄 몰랐고, 말도 없어졌어. 하지만 난 정반대였지. 내 몸은 임신한 다음 날부터 변하기 시작했어. 가슴이 갑자기 커지고 단단해지고, 얼굴에선 윤이 났지. 몸은 정말 새로운 상황에 재빨리 적응하더구나. 나는 임신 테스트를 해보기도 전에, 그리고 아직 배가 불러오지 않았어도 이미 내 몸에 무슨 일이 일어나고 있는지 정확하게 알아차렸지. 내가 반짝반짝 빛나고 있음을, 내 몸이 스스로 변화하기 시작했음을 느꼈어. 그 힘을 느낄 수 있었어. 그런 느낌은 정말 처음이었단다.

기차에 타서 혼자가 되었을 때에야 비로소 무거운 생각들이 덮쳐 왔어. 에르네스토와 함께 있을 땐 당연히 아기를 낳아 기르겠다고 생각했지. 아우구스토, 트리에스테에서의 생활, 소문, 이 모든 것들이 아주 멀리 떨어져 있는 듯했거든. 하지만 이제 그 세계가 가까워지고 있고, 배는 빠르게 불러올 게 틀림없었어. 빨리 결정을 내려야만 했지. 하지만 난 오히려 낙태가 더 어려운 일이란 걸 금세 깨달았어. 아우구스토의 눈을 피할 수 없을 테니까. 그렇게 오랫동안 아기를 갖고 싶다고 해놓고 어떻게 낙태한 이유를 변명할 수 있겠니? 무엇보다 나는 추호도 그럴 마음이 없었단다. 내 안에서 자라고 있는 생명은 실수 때문에 생긴 게 아니었으니까. 지울 수 있는 게 아니었으니까. 그 생명은 내가 가장 간절히 바라던 것이 이루어진 결과였단다.

한 남자를 진심으로 사랑하게 되면 그의 아기를 갖길 원하는 건 너무도 당연하단다. 그건 지적인 욕망도 아니고, 이성적인 선택도 아니지. 물론 에르네스토를 만나기 전에도 나는 아기를 갖고 싶어 했었어. 왜 내게 아이가 필요한지, 또 아이가 있을 때의 장점과 단점도 명확히 알고 있었지. 지극히 이성적인 선택이었던 거야. 난 출산 적령기였기 때문에, 너무 외로웠기 때문에, 아이 말고는 다른 어떤 것도 탄생시킬 수 없는 여자였기 때문에 아이를 갖고 싶었던 거란다. 마치 차를 사려고 할 때와 똑같은 마음으로 아이를 원했던 거야.

하지만 에르네스토에게 아기를 갖고 싶다고 말했을 땐, 완전히 다른 의미였지. 상식과 정반대의 결정이었어. 상식은 그를 영원히 소유하려는 내 욕망에 비하면 아무 힘도 없었단다. 에르네스토가 내 안에, 나와 함께, 내 곁에서 영원히 머물기를 원했어.

이런 나의 행동에 너는 기가 질렸을지도 모르겠구나. 할머니에게 그런 비열하고 저속한 면이 있다는 걸 왜 진작 몰랐을까 자문할지도 모르지. 트리에스테역에 내렸을 때, 난 남편의 사랑을 듬뿍 받는 사랑스러운 아내의 탈을 쓰고 있었지. 아우구스토는 변한 내 모습에 깜짝 놀라더구나. 하지만 그는 아무런 의심 없이, 그냥 그 상황에 휩쓸려 갔지.

한 달이 지나고, 내가 아우구스토의 아이를 가졌다는 건 아주 그럴싸한 사실이 되었지. 임신 테스트 결과를 말해준 날, 아우구스토는 오전 중에 사무실을 나왔어. 출산 전에 집을 어떻게 개조할 것인지 온종일 나와 상의했단다. 아버지의 귀에 대고 임신 소식을 전했을 때, 아버지는 마른 손으로 한참 동안 내 손을 꼭 잡은 채 눈시울을 붉혔어. 청력이 약해지면서 아버지는 주위의 모든 것들로부터 격리되어 갔어. 난 아버지의 눈물에 감동받지 않았어. 오히려 슬그머니 화가 났어. 왜 그랬을까? 아버지는 결국 손녀딸을 보지 못하셨어. 내가 임신 6개월 되던 해에 편안하게 돌아가셨지. 관 속에 누워 있는 아버지의 모습을 보면서 그때서야 아버지가 얼마나 늙고 여위었는지 깨달았어. 그의 얼굴 표정은 언제나처럼 담담하고 모든 걸 초월한 듯했지.

임신 테스트 결과가 나오자마자 난 에르네스토에게 편지를 썼어. 열흘도 안 되어 답장이 왔어. 몇 시간이 지나서야 겨우 편지를 열어볼 용기를 냈단다. 안 좋은 말이 쓰여 있을까 봐 너무 두렵고 불안했거든. 나는 어느 카페의 화장실로 들어가서 아무도 몰래 편지를 읽었어. 조용하고 이성적으로 써내려간 편지였지.

  -이게 최선의 방법인지 잘 모르겠어. 하지만 이게 당신이 원하

는 거라면 난 당신의 결정을 존중할 거야.

이제 모든 장애물을 넘어선 나는 조용히 엄마가 되기를 기다렸어. 내 자신이 괴물처럼 느껴지지 않았냐고? 난 정말 괴물이었을까. 잘 모르겠구나. 임신 기간 중에, 그리고 아이를 낳고 꽤 오랜 세월이 흐르도록 난 조금의 의심도, 후회도 하지 않았어. 진정으로 사랑하는 사람의 아이를 갖고서 어떻게 다른 남자를 사랑하는 척할 수 있었느냐고? 하지만 애야, 세상 모든 일들이 그렇게 단순하지만은 않단다. 한 가지 색, 한 가지 모양으로만 되어 있는 것도 아니지.

아우구스토에게 다정하고 부드럽게 대하는 건 전혀 어렵지도, 싫지도 않았어. 진짜 그를 사랑했으니까. 물론 에르네스토를 사랑했던 방식과는 다르게 말이야. 마치 누이가 세상일에 지친 오빠를 사랑하듯이 그를 사랑했단다. 그가 나쁜 사람이었다면 모든 것이 달라졌겠지. 난 그와 같은 집에 살면서 아이를 가질 꿈조차 꾸지 않았을 거야. 하지만 그는 지나치게 질서정연하고 재미없는 점만 빼면 착하고 좋은 남자였어. 그는 아이를 얻게 된 걸 기뻐했어. 나도 그에게 딸을 선물해줄 수 있어서 행복했어. 모든 게 잘 되어가고 있는데 내가 비밀을 밝힐 이유가 뭐가 있었겠니?

　-비밀이 밝혀지면 세 사람 모두 불행해질 거야.

　적어도 그 당시엔 그렇게 생각했던 것 같아. 요즘처럼 선택이 자유로운 시대였다면 내가 한 일들이 정말 끔찍한 짓일지도 모르지. 하지만 그땐 지극히 상식적인 선택이었어. 물론 모든 부부들에게 이런 일들이 일어났다는 것이 아니라 남편 아닌 다른 남자의 아이를 가지는 아내들이 종종 있었다는 거지. 그러면 내 경우와 똑같은 일들이 벌어졌지. 아이가 태어나고, 다른 형제자매들과 똑같이 한집에서 자라서, 일말의 의심도 품지 않고 어른이 되었지. 그 당시에 가족이란 아주 견고한 것이어서 핏줄이 의심스러운 아이 하나만으로는 결코 깨지지 않았어.

　네 엄마도 그런 방식으로 태어나고 길러진 거야. 세상에 나온 순간부터 일라리아는 우리 딸이었어. 나의 딸이었고, 아우구스토의 딸이었어. 그 아이는 우연히 태어난 게 아니야. 또 결혼이라는 관습, 혹은 한때의 무료함 때문에 태어난 것도 아니고. 오직 사랑 때문에 태어났지. 내겐 이 사실이 가장 중요했어. 이 사실 하나만으로도 다른 모든 문제들을 덮을 수 있다고 생각했지. 얼마나 바보 같았는지!

처음 몇 년 간은 모든 것이 순조로웠어. 난 그 애를 위해 살았
어. 난 정말 사랑이 넘치는 성실한 엄마였지. 아니, 스스로 그렇
게 믿고 있었어. 그 애가 태어난 해 여름부터 아드리아해로 놀러
가는 것이 우리의 연례행사가 되었지. 집을 빌려서 휴가를 즐기
고 있으면 아우구스토가 주말을 함께 보내러 오곤 했어.

에르네스토가 자기 딸을 처음 본 것도 해변에서였어. 그는 완
전히 낯선 사람인 척했지. 우리가 산책을 하러 갔을 때, 그는 '우
연히' 우리 곁으로 걸어왔고, 몇 걸음 떨어진 비치파라솔 아래
앉아서 몇 시간 동안이나 우리를 지켜봤지. 한 손으로는 책이나
신문을 들고 읽는 척하면서 말이야. 저녁이면 그는 우리를 봤을
때 어떻게 느끼고 생각했는지를 아주 길게 써서 편지로 보냈어.

그때 에르네스토에게는 부인과 아들 하나가 있었지. 그는 리조
트 주치의 일을 그만두고, 페라라에 병원을 차렸어. 해변에서 잘
계산된 '우연한' 만남 이후로, 우리는 지금껏 만나지 못했단다. 당
시에 내 모든 관심은 일라리아에게 쏠려 있었지. 난 그 애가 옆에

있다는 생각만으로도 기쁨에 겨워 잠에서 깨어나곤 했어.

나는 에르네스토와 온천에서 헤어지기 직전에 한 가지 약속을
했어. 그가 말했어.

-내가 어디 있든, 뭘 하고 있든 매일 열한 시 정각에는 밖으로
나와 하늘에서 시리우스 좌를 찾을 거야. 당신도 그렇게 해요. 우
리가 비록 멀리 떨어져 있더라도, 오랜 세월 서로 만나지 못해 어
떻게 지내는지조차 모른다 해도, 우리의 생각만은 거기서 만날
수 있을 거요.

우리는 함께 발코니로 나왔지. 거기서 그는 나에게 오리온 좌
와 그중 빛나는 별 베텔기우스를 찾아주었고, 그다음엔 가장 빛
나는 시리우스 좌를 짚어주었어.

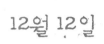

12월 12일

그노티 세아우톤.
소녀 시절, 그리스어 공책 첫 페이지에 이런 말을 써놓았었지.
내 기억 속에 잠자고 있던 그 말이 갑자기 생각났어.
너 자신을 알라.
아, 이 공기. 나는 크게 심호흡을 했어.

지난밤, 갑자기 무슨 소리가 나서 잠에서 깼는데, 한참 후에야 전화벨 소리라는 걸 알았다. 내가 받았을 땐 이미 끊겼더구나. 그래도 수화기를 들고 잠에 취한 목소리로 "여보세요" 하고 한두 번 불러보았지. 다시 자러 들어가지 않고 안락의자에 앉았단다.

너였니? 아니면 누구였을까? 한밤의 정적을 깨뜨린 그 소리가 나를 뒤흔들어 놓는구나. 몇 년 전에 친구가 들려준 이야기가 생각난다. 그 애 남편은 오랫동안 병원에 입원해 있었는데, 문병 규칙이 너무 엄격해서 그가 세상을 뜨던 날에도 같이 있어주지 못했대. 몸을 짓누르는 듯한 절망과 슬픔 때문에 그날 밤 잠을 잘 수가 없었다고 하더구나. 어둠 속에 멍하니 누워 있는데 갑자기 전화벨이 울려서 깜짝 놀랐대. 누가 그 늦은 시간에 애도 전화를 하겠니? 친구는 수화기 가까이 갔을 때 뭔가 이상한 것을 발견했어. 전화기 주위로 아주 밝은 후광이 뿜어져 나왔던 거야. 수화기를 들자 상대방의 힘들어하는 목소리가 아주 멀리서 들려왔대.

　-마르타. 떠나기 전에 작별 인사를 하고 싶었어.

　남편의 목소리였지. 그가 말을 멈추자 거센 바람 소리 같은 게 나더니 전화가 끊겼다고 하더구나.

　그 당시에 난 친구가 스트레스를 너무 많이 받았다고 생각했어. 죽은 사람이 그런 현대적인 통신 기술을 사용한다니 아주 이상했지. 그런데도 그 이야기는 나에게 깊은 인상을 남겼지. 내 안 가장 깊숙한 곳의 유치함과 마술적인 면 때문에, 나도 저세상에 있는 누군가로부터 그런 전화를 받고 싶었는지도 몰라.

　난 내 딸과 남편을 묻었단다. 그리고 내가 가장 사랑했던 한 남자도 묻었어. 그들은 죽었고 더 이상 여기 없는데, 난 아직도 난파선의 생존자처럼 살아나가고 있구나. 파도에 떠밀려 섬까지 온 나는 이곳에서 안전하지만, 동료들에게 무슨 일이 생겼는지 알지 못해. 배가 뒤집힐 때 그들 모두가 시야에서 사라져버렸어. 아마 익사했을지도 모르지. 하지만 죽지 않았을 수도 있어. 나는 이렇게 세월이 흐른 지금까지도 섬을 샅샅이 뒤지면서, 그들이 아직 나와 같은 하늘 아래 살아 있을 거라는 희망을 버리지 않고 있지.

에르네스토가 죽던 날 밤에도 아주 큰 소리 때문에 잠에서 깼어. 아우구스토가 불을 켜고 소리쳤지.

-누구야?

방에는 아무도 없었고, 모든 게 그대로였지. 다음 날 아침, 옷장 문을 열었더니 선반들이 죄다 떨어져 있더구나. 양말과 스카프, 속옷들이 바닥에 아무렇게나 널려 있었어.

지금이니까 '에르네스토가 죽던 날 밤'이라고 얘기할 수 있지만, 그땐 아무것도 몰랐었지. 얼마 전에 그에게 편지를 받았었고, 무슨 일이 있을 거라고는 상상조차 하지 못했어. 그저 습기 때문에 나무 받침이 썩었나 보다 했지. 그때 일라리아는 네 살이었고, 유치원에 다니기 시작한 무렵이었어. 우리 가족의 삶은 지극히 평온했지.

그날 오후 라틴어 클럽 모임을 마치고, 에르네스토에게 편지를 쓰기 위해 카페에 갔어. 곧 만투아에서 모임이 있을 예정이었거든. 아주 오랜만에 에르네스토와 만날 수 있는 좋은 기회였어.

집으로 가기 전에 엽서를 부치고, 일주일 동안 그의 답장을 기다렸어. 하지만 그 주에도, 그다음 주에도 답장이 없었지. 그의 편지를 그렇게 오래 기다려 본 적은 없었어. 처음엔 우체국에 무슨 사고가 있었나 생각했다가, 그다음엔 그가 아파서 우편물을 체크하지 못하고 있나 걱정했지. 한 달 후에 다시 짧은 편지를 썼는데 역시나 답장이 없었어.

시간이 지나면서 나는 서서히 파도에 침식되는 집처럼 변해갔어. 겉으로 보기에는 멀쩡히 서 있는 것 같지만, 실은 거센 물의 압력에 시멘트마저 모래가 되어가고 있었지. 마치 카드로 만든 집처럼 아주 작은 충격으로도 무너져버릴 것 같았어.

예정된 모임이 열릴 무렵, 난 거의 유령처럼 변해 있었지. 만투아에 잠깐 얼굴을 비추고, 곧장 페라라로 향했어. 그에게 무슨 일이 일어났는지 알아내려고 말이야. 에르네스토의 사무실엔 아무도 없었어. 시간 간격을 두고 그 앞을 지나가 보았지만, 계속 셔터가 내려진 상태였지.

둘째 날에는 도서관으로 가서 지난달 신문을 몽땅 보여달라고 했어. 거기서 그에 관한 짧은 기사를 발견했지. 그는 왕진에서 돌아오는 길에 차를 잘못 몰아 커다란 플라타너스에 부딪히고 말았던 거야. 즉사였지. 내 옷장 선반들이 무너지던 바로 그날 밤, 그 시각이었어.

　　　　　.

　라츠만 부인이 가져다준 잡지에서 가끔 별점을 찾아 읽곤 한단다. 여덟 행성 중에서도 화성이 갑작스러운 죽음을 관장하는 별이라더구나. 이 별자리로 태어난 사람은 편안하게 눈을 감지 못한다는 거야. 난 에르네스토와 일라리아가 이 불길한 별자리 아래 태어나지 않았을까 하는 생각이 들었어. 이십 년을 사이에 두고, 아버지와 딸이 나무에 차를 들이박는 똑같은 사고로 세상을 떴으니 말이야.

　에르네스토의 죽음 이후 난 깊은 우울증에 빠졌어. 지난 몇 년 동안 나를 환하게 밝혀주던 빛이, 내가 경험했던 행복과 삶에 대한 애정이, 실은 내 안에서 나온 것이 아니었음을 깨달았어. 난 단지 거울이었을 뿐이야. 에르네스토가 빛을 발산하면 난 그것을 반사했던 거지. 그가 사라지자 세상은 다시 어두워졌어. 일라리아를 보는 것도 더 이상 행복하지 않았어. 오히려 화가 났지.

난 그 애가 진짜 에르네스토의 딸이 맞는지 의심할 정도로 혼란스러운 상태였어. 그 애는 이런 변화를 눈치챘지. 아이다운 예민한 안테나로 나의 거부감을 알아차렸고, 점점 제멋대로에 거만해지기까지 했어. 그때부터 그 애는 생명력 넘치는 어린 넝쿨이었고, 난 시들어가는 늙은 나무였지. 그 애는 본능적으로 내 죄책감의 냄새를 맡았고, 그걸 이용했어. 우리 집은 말다툼과 고함으로 가득 찬 작은 지옥이 되어가고 있었어.

아우구스토는 이런 곤경에 빠진 나를 도우려고 보모를 고용했지. 그는 한동안 일라리아가 곤충과 친해지도록 유도했지만, 두세 번 만에 포기하고 말았어. 그 애가 매번 이렇게 소리쳤거든.

-아이, 징그러워!

그 무렵 아우구스토는 급격히 늙어가기 시작했어. 일라리아의 아버지라기보다는 할아버지처럼 보였지. 그는 그 애에게 여전히 상냥했지만 거리를 두었어. 나 역시 거울을 볼 때마다 늙어버린 내 모습을 발견하게 됐지. 전에 없던 냉혹함까지 보였어. 나는 내 자신을 놓아버렸단다. 모멸감 때문이었지. 일라리아는 학교에 있거나, 아니면 보모가 돌봐주었기 때문에 난 늘 한가했어. 그럴 때면 거의 무아지경으로 차를 몰고 카르소 고원을 수없이 오르락내리락했단다.

난 아킬라에 살 때 읽었던 종교 책을 다시 꺼내 들었어. 거기서 어떤 해답을 찾고 싶었어. 어머니를 잃은 성 아우구스티노가 했던 말을 계속 곱씹으며 걸어다녔지.

–어머니를 잃었음을 슬퍼하지 말고, 어머니가 우리 곁에 있었음을 감사하게 하소서.

한 친구가 나에게 두세 번 정도 고해 신부를 만나게 해주었지. 하지만 고해성사 후에 난 더 서글퍼졌어. 고해 신부는 달콤한 말들로 신앙의 힘을 찬양했어. 마치 신앙이 어느 가게에서나 살 수 있는 식품인 것처럼 선전했지.

난 에르네스토의 죽음을 도무지 받아들일 수 없었어. 내 빛이 사라져버렸고, 왜 그런지조차도 몰랐어. 그를 만나서, 그와 사랑에 빠지면서 난 비로소 살아 있다는 것의 행복을 알았고, 나를 둘러싼 모든 것에 감사했지. 내 생애 가장 높고 안정적인 지점에 다다랐다고 느꼈지. 아무것도, 누구도 나를 여기서 밀어낼 수 없다고 확신했어. 자만심으로 가득 찼던 거야.

오랫동안 난 내 힘으로 여기까지 왔다고 생각했지만 사실은 혼자서는 단 한 걸음도 뗄 수 없었던 거야. 혼자 힘으로 걸어보려 했지만, 어린아이처럼 혹은 아주 늙은 사람처럼 비틀거렸지. 그 순간 어떤 지팡이에 의지해 볼까도 생각했어. 종교나 일 같은 것 말이야. 하지만 그 생각도 오래가진 않았어. 그러다 더 큰 실수를 할 수도 있다는 생각이 들었거든. 나이 사십에 더 이상 실수는 용납되지 않지. 갑자기 알몸이 되었다면, 거울에 비친 있는 그대로의 자신을 바라볼 용기가 있어야 한단다. 나 자신을 돌아보는 것부터 시작해야 했지. 하지만 말로 하긴 쉬워도 행동으로 옮기긴 어려웠단다. 난 지금 어디 있는 걸까? 나는 누구지? 내가 마지막으로 나 자신이었던 때는 언제지?

말했다시피 난 오후 내내 고원을 오가곤 했었어. 가끔씩 고독감 때문에 더 우울해질 때면 시내로 내려가 사람들 무리에 섞이기도 했지. 가장 번화한 거리를 걸으면서 위안거리를 찾아 헤맸지. 나는 마치 직장인처럼 아우구스토가 출근할 때 집을 나가서, 퇴근할 때 돌아오곤 했어. 의사는 신경쇠약 증세가 있으면 많이 움직이고 싶어 하는 게 자연스러운 거라고 남편에게 말해주었어. 자살 충동은 없으니까 이곳저곳 돌아다녀도 위험하지는 않다고. 저렇게 돌아다니다 보면 언젠가는 진정이 될 거라고 말이야. 아우구스토는 수긍했지. 그가 정말 의사의 말을 믿어서 그랬는지, 그저 모른 척 조용한 삶을 원했기 때문인지는 잘 모르겠구나. 여하튼 나는 나를 그대로 내버려둔 그에게 감사했어.

의사의 말도 일리는 있었어. 난 신경쇠약에 시달렸지만 자살 충동은 없었지. 이상하게도 에르네스토가 죽은 이후 단 한순간도 자살에 대해 생각해보지 않았어. 그게 일라리아 때문이었을 거라고는 생각지 마. 그때 그 애는 나에게 아무런 의미도 없었어. 그보다는 에르네스토의 죽음이 단지 그 자체로 끝나지 않으리라는 느낌 때문이었지. 난 뭔가 다른 의미를 발견하고 싶었어. 하지만 그건 거대한 벽을 더듬는 거나 마찬가지였어. 그 벽은 내가 넘어서야만 하는 어떤 것이었을까? 그럴 수도 있겠지. 하지만 난 벽 건너편에 무엇이 있을지, 벽 위에 올라섰을 때 무엇을 보게 될지 전혀 알 수 없었단다.

어느 날 드라이브를 하다가 전에 한 번도 와보지 않은 곳을 발견했지. 조그만 묘지가 딸린 교회였어. 주변에는 언덕들이 있었고, 그중 한 언덕 꼭대기에서 옛날 요새의 일부인 듯 하얀 윤곽이 언뜻 보였지. 교회를 조금 지나면 농가 몇 채가 나타났고, 닭들이 길을 활보하고 검정개가 짖어 댔지. 표지판을 보니 '마나토르차'라고 적혀 있었어. 고독한 이름이라고 생각했지. 생각을 정리하기에 적당한 곳이었어. 나는 자갈길의 초입에서, 길이 어디로 나 있는지 신경 쓰지 않고 걷기 시작했어. 해는 이미 기울고 있었지만, 갈수록 멈추고 싶은 마음이 없어졌어. 가끔씩 지저귀는 새소리에 깜짝 놀라기만 했지. 계속 앞으로 가라고 무언가가 나에게 말하는 것 같았어. 마침내 공터에 이르렀을 때, 난 아주 거대한 떡갈나무를 보았단다. 그 큰 나무는 나를 환영하듯 가지를 활짝 벌리고 공터 한가운데 서 있었어.

바보같이 들리겠지만, 나무를 보자 내 심장이 이전과는 다르게 뛰기 시작했어. 마치 기분 좋은 작은 짐승의 움직임처럼 뛰는 게 아니라 소용돌이치는 것 같았지. 이전에 딱 한 번, 에르네스토를 처음 보았을 때 그렇게 심장이 뛰었었지. 나는 줄기에 기대어 앉아 나무를 쓰다듬었단다.

그노티 세아우톤.*

소녀 시절, 그리스어 공책 첫 페이지에 이런 말을 써놓았었지. 내 기억 속에 잠자고 있던 그 말이 갑자기 생각났어. 너 자신을 알라. 아, 이 공기. 나는 크게 심호흡을 했어.

---

* Gnothi Seauton. '너 자신을 알라'는 뜻의 그리스어. 델포이의 아폴론 신전 문 상인방에 새겨져 있었다고 한다.

12월 16일

마음은 언제나 같은 자리에 있다고.
늙었다고 다 현명하지 않은 것처럼,
젊다고 해서 다 이기적인 건 아니지.
그런 건 나이와 아무런 상관이 없어.
그 사람이 어떤 길을 걸어왔는가가 중요할 뿐이지.

어젯밤엔 눈이 내렸단다. 아침에 깨어보니 정원이 온통 새하얗게 변해 있었어. 버크는 나뭇가지를 물었다가 다시 던졌다 하면서 미친 듯이 잔디밭 둘레를 뛰어다녔지. 나중에 라츠만 부인이 와서 같이 커피를 마셨어. 부인에게 크리스마스 저녁 초대를 받았단다.

  -하루 종일 뭘 하세요?

떠나기 전에 그녀가 묻더구나. 난 어깨를 으쓱했지.

  -별거 안 해요. 텔레비전도 좀 보고, 생각도 하고.

너에 대해서는 늘 한마디도 묻지 않더구나. 조심스럽게 피하는 것 같았지만 너를 배은망덕한 아이로 여기고 있다는 게 목소리에 묻어났지. 대화 중에 이런 말을 자주 하더구나.

  -젊은 사람들은 참 매정해요. 어른 공경할 줄도 모르고요.

그 얘기가 계속 이어질까 봐 난 고개를 끄덕였지. 하지만 속으로는 이렇게 생각하고 있었단다. 마음은 언제나 같은 자리에 있다고. 늙었다고 다 현명하지 않은 것처럼, 젊다고 해서 다 이기적인 건 아니지. 그런 건 나이와 아무런 상관이 없어. 그 사람이 어떤 길을 걸어왔는가가 중요할 뿐이지. 예전에 읽었던 인디언 속담이 기억나는구나.

-그 사람의 신발을 신고 세 달을 걸어보기 전에는 그 사람을 판단하지 말라.

난 이 말이 너무 마음에 들어서 전화기 옆의 메모지에 적어놓았었지. 바깥에서만 보면 많은 사람들의 삶이 뭔가 잘못되고, 비이성적이고, 혼란스러운 것처럼 느껴지고 그들의 인간관계에 대해 오해하기도 쉽지. 그 사람의 입장이 되어 오랫동안 아주 깊게 살펴봐야만 그의 행동 방식, 동기, 감정 같은 것들을 이해할 수 있단다. 이런 이해는 많이 안다는 자만심이 아니라 자기를 낮추는 겸손에서 나오는 거야.

네가 이 편지를 읽고 인디언 속담처럼 행여나 내 신발을 신어볼 마음이 들까? 그러길 간절히 바란다. 네가 그렇게 방과 방 사이를 왔다 갔다 하면서 오랜 시간을 보내 보기를, 정원의 호두나무에서 벚나무로, 벚나무에서 장미로, 장미에서 소나무로 수없이 왔다 갔다 해보기를 바란다. 날 동정해 달라는 것도 아니고, 죽은 후 용서받기를 바라는 것도 아니야. 단지 너와 너의 미래를 위해서란다. 거짓에 방해받지 않고 앞으로 나아가기 위해서는 네가 어디에서 왔는지, 네가 존재하기 전에 무슨 일들이 있었는지부터 이해해야 해.

이런 편지를 네 엄마에게 써야 했는데, 대신 너에게 쓰고 있구나. 내가 아무것도 쓰지 않았다면 내 존재는 영원히 실패작으로 남았겠지. 누구나 실수를 하지만, 그 실수가 무엇인지도 모른 채 죽는다면 헛된 인생을 산 거란다. 우리에게 일어나는 모든 일에는 저마다 의미가 있어. 우연한 만남들, 사소한 사건들까지도 말이야. 새로운 환경을 적극적으로 받아들이고, 어느 순간에든 방향을 바꿀 수 있어야 해. 또 계절이 바뀌면 허물을 벗는 도마뱀처럼 과감히 변신할 수도 있어야 해. 그래야 스스로 깨닫는 게 가능해져.

내 나이 사십의 어느 날에 '너 자신을 알라'라는 그리스 경구가 떠오르지 않았다면, 거기서 다시 시작하지 않았더라면, 아마 난 지금까지도 똑같은 실수를 반복하고 있을 거야. 에르네스토를 잊기 위해 다른 애인들을 찾아 헤맸을 수도 있지. 그를 대체할 복사품을 찾아서, 그와의 추억을 되살리기 위해 애인을 열 명도 넘게 갈아치우면서 말이야. 그러는 사이에 난 아주 우스꽝스럽고 바보 같은 늙은이가 되었겠지. 아니면 아우구스토를 미워했을 수도 있어. 결국 그 때문에 결정을 내리지 못한 것이었으니까.

무슨 말을 하려는지 알겠니? 내면의 자아와 마주치고 싶지 않을 때, 가장 손쉬운 일은 도피처를 찾는 거란다. 내 실수를 다른 사람의 실수라고 우기는 건 쉬운 일이야. 자기 실수를 인정하기 위해서는 아주 큰 용기가 필요하지. 이것만이 앞으로 나아갈 수 있는 유일한 방법이야. 인생이 여행길과 같다면, 언제나 내내 오르막인 셈이지.

난 마흔이 되어서야 어디서부터 시작해야 할지, 어디로 가야 할지 깨달았단다. 그러기까지 아주 긴 과정을 거쳤지. 곳곳이 장애물이었지만 한편으로는 매혹적이었어. 요즘 텔레비전이나 신문에 사이비 교주들에 대한 이야기가 자주 나오더구나. 모든 걸 버리고 그 교주들을 따르는 사람들이 넘쳐나지. 자칭 선지자들이 여기저기서 나타나 마음의 평화와 우주의 조화를 설교하는 걸 보면 좀 두려워진단다. 이 모든 것들이 세기말을 살고 있는 우리의 당혹감을 반증하는 거겠지. 달력의 날짜는 숫자에 불과하지만 동시에 아주 위협적인 것이기도 하단다. 모두들 뭔가 큰일이 일어날 거라고 생각하고, 거기에 대비하고 싶어 하지. 그래서 새로운 교주들 밑으로 모여들어 '자아 발견 코스'에 등록하고 한 달만 지나면 오만하고 거짓된 예언에 빠져들게 된단다. 이 얼마나 거대하고 무서운 거짓말이니?

진실로 믿을 수 있는 유일한 스승은 나 자신의 목소리뿐이란다. 이걸 발견하려면 조용히 혼자서 서 있어야 해. 마치 죽은 사람처럼 맨땅 위에 아무것도 걸치지 않은 채로 말이야. 처음엔 아무 소리도 들리지 않고, 공포스럽기만 할 거야. 하지만 다음 순간 저 멀리서 아주 조용한 목소리가 들려올 테지. 그런데 그 말이 너무 진부한 것이어서 오히려 화가 날지도 몰라.

참 이상하지. 우리가 바라는 크고 위대한 것들은 알고 보면 아주 작은 것들이란다. 너무 사소하고 너무 뻔한 것들이어서 '잠깐, 이게 뭐야?'라고 외치고 싶어질지도 몰라. 그 목소리는 말해줄 거야. 인생에서 가장 의미 있는 건 바로 죽음이라고. 죽음이 인생의 가장 중심에 있고 다른 모든 것들은 그 주위에서 소용돌이칠 뿐이지. 이거야말로 가장 멋지고 무시무시한 발견이란다. 머리가 아무리 나빠도 자기가 언젠가는 죽을 거라는 사실은 알아. 그래. 우리 모두 다 머리론 잘 알고 있지. 하지만 머리로 아는 것과 가슴으로 아는 것은 아주 별개의 문제란다. 네 엄마가 공격적으로 나올 때 난 이렇게 말하곤 했었지.

-넌 내 심장을 너무 아프게 하는구나.

그러면 그 애는 웃으면서 이렇게 대답했지.

-웃기지 말아요. 심장은 그냥 근육일 뿐이에요. 엄마가 근육을 긴장시키지 않으면 절대 아프지 않아요.

그 애가 이해할 만한 나이가 되었을 때, 내가 왜 예전에 그 애를 멀리 할 수밖에 없었는지 설명해주려고 애썼단다.

−사실이야. 어린 너에게 잠시 소홀했던 시절이 있었지. 그때 난 심하게 아팠단다. 내가 아픈 몸으로 너를 돌보려 했었다면 상황은 더 나빠졌을 거야. 하지만 지금 난 건강해. 우린 서로 대화하고, 때론 싸우면서 다시 시작할 수 있어.

그 앤 관심조차 보이질 않았어.

−이젠 내가 아파요.

그러고는 더 이상의 대화를 거부했지. 그 애는 내가 얻어가던 평온함을 증오했고, 그 평온함을 깨고, 자신이 만든 일상의 지옥으로 날 끌어들이기 위해서라면 어떤 짓이든 서슴지 않았어. 그 애는 자신이 늘 불행하다고 생각했고, 그게 자연스럽다고 결론 내린 것 같았어. 오직 자신만의 생을 일구겠다는 생각에 그 애는 그 어떤 것도 침범하지 못할 장벽 뒤로 숨어버렸어. 물론 그 애 자신도 행복해지고 싶다고 말했지만 내면 깊숙한 곳에서는 이미 모든 변화 가능성을 차단해버린 상태였지. 겨우 열여섯, 열일곱 살 때 말이야.

내가 조금씩 마음을 열면서 다른 차원으로 나아가고 있는 동안, 그 애는 꼼짝 않고 서서 손을 머리 위에 올린 채 세상일들이 자신에게 떨어져 내리기만을 기다리고 있었어. 내가 얻은 새로운 평온함이 그 애를 더욱 화나게 했어. 내 침대 맡의 작은 탁자 위에서 성경책을 발견한 그 애는 이렇게 말했지.

  ─엄마가 위로받을 만한 일이 대체 뭐가 있나요?

  아우구스토가 죽었을 때, 그 애는 장례식에 가는 것도 거부했어. 죽기 몇 년 전부터 그는 동맥경화증으로 몹시 힘든 나날을 보냈어. 일라리아는 아기처럼 웅얼거리며 집 안을 배회하는 그를 못 견뎌했지.

  ─아저씨, 도대체 뭘 원하는 거야?

  그가 비틀거리며 자기 방으로 들어오면 그 애는 이렇게 소리치곤 했지. 그가 세상을 떴을 때, 그 애는 열여섯 살이었어. 열네 살 이후로는 '아버지'라고 부르지도 않았지. 그는 11월의 어느 늦은 오후, 병원에서 세상을 떴어. 그 전날 심장 발작이 왔고 난 그와 함께 병원에 있었는데 그는 잠옷 대신 병원 가운을 입고 있었지.

  간호사가 막 저녁을 가지고 왔을 때, 그가 갑자기 일어나 마치 뭔가를 본 것처럼 창문 쪽으로 몇 걸음 다가갔어.

　─일라리아의 손 말이야.

　그가 멍한 눈으로 말했어.

　─우린 집안엔 그런 손을 가진 사람이 없어.

　그는 다시 침대로 갔고, 그대로 세상을 떠났어. 창밖을 내다보
니 가는 비가 내리고 있었어. 난 그의 머리를 가만히 쓰다듬어 주
었어.

　─십육 년 동안, 그 비밀을 혼자 간직하고 있었군요.

　정오가 되었구나. 해가 비치면서 눈이 녹고 있어. 집 앞 잔디밭
에 언뜻언뜻 노란 풀들이 보이고 나뭇가지에선 물방울들이 똑똑
떨어지고 있어. 참 이상하지. 아우구스토가 죽었을 때 난 어떤 슬
픔도 느끼지 못했어. 갑자기 텅 빈 듯한 느낌뿐이었지. 하지만 바
로 그 속에서 슬픔이 제 모습을 갖춰가는 거란다. 말하지 못한 모
든 것들이 실제로 나타나고 불어나지. 거기엔 문도, 창문도, 비상
구도 없어. 공허함은 그저 짙은 안개처럼 내 주위를 감싸며 혼란
스럽게 할 뿐이지. 아우구스토가 일라리아의 출생에 대해 알고

있었다는 사실에 난 큰 충격을 받았어. 에르네스토가 나에게 어떤 의미였는지 아우구스토에게 털어놓고 싶었지. 그리고 일라리아에 대해서도. 많은 이야기를 나누고 싶었지만 이미 늦어버린 후였어.

이제 넌 어쩌면 내가 첫 편지에서 했던 말을 이해할지도 모르겠구나. 사랑하는 사람이 죽고 없다는 것보다 그들과 나누지 못한 이야기가 있다는 사실이, 살아 있는 사람들에게는 더 큰 짐이 된다는 말. 에르네스토가 죽은 뒤에 그랬던 것처럼, 아우구스토가 죽은 뒤에도 난 종교에서 위안을 얻으려고 했어. 그러다 나보다 몇 살 더 많은 독일인 예수회 신부 한 분을 알게 됐어. 그는 내가 예배를 불편해한다는 걸 알고, 교회가 아닌 다른 곳에서 만나자고 제안했지.

우리 둘 다 걷는 걸 좋아해서 함께 산책을 했단다. 그는 매주 수요일 오후마다 등산화를 신고 배낭을 메고 왔어. 난 산사람처럼 볼이 움푹 들어간 그의 진지한 인상이 마음에 들었지. 처음엔 그가 신부라는 사실이 좀 꺼려져서 내 이야기를 다 털어놓지 않앉어. 비난받을까 봐 두려웠던 거지. 그러던 어느 날, 바위에 앉아 쉬고 있을 때 그가 말했지.

—자신을 아프게 하고 있군요. 오직 당신 자신만을요.

그때부터 난 거짓말을 그만두고 그에게 마음을 열었지. 에르네스토가 죽은 이후 처음이었어. 나는 이야기하고 또 이야기했지. 곧 내 앞에 있는 사람이 성직자라는 것마저 잊게 되었어. 내가 만난 다른 신부들과 달리, 그는 내게 비난도, 위로도 건네지 않았어. 겉만 번지르르한 값싼 메시지도 주지 않았지. 처음에는 반감이 들 정도로 단호한 성격이었단다.

—고통만이 우리를 성장하게 합니다. 하지만 고통은 머리로 받아들여야 하죠. 그걸 피하거나 스스로에게 연민을 가지면 패배하는 겁니다.

그는 조용한 내면적인 투쟁을 더 잘 설명하기 위해 승리, 패배 같은 전투적인 용어들을 썼어. 그의 말에 따르면 인간의 마음은 지구와 같아서 한쪽이 태양을 받아 빛나는 동안 다른 한쪽은 그늘져 있대. 성자들조차도 모든 면이 밝은 건 아니라고 그가 말했지.

-육신이 있기 때문에 그림자도 생기게 되는 겁니다. 우린 개구리 같은 양서류하고 비슷하죠. 한쪽은 물속에 있으면서 다른 한쪽은 늘 육지를 그리워해요. 산다는 건 그저 이 사실을 알아가는 거죠. 그러면서 어두운 그림자가 빛을 다 가려버리지 않도록 투쟁하는 게 바로 삶이에요. 완벽한 사람들, 스스로 답을 가지고 있다는 사람들을 믿지 마세요. 당신 마음이 말하는 것 말고는 아무것도 믿지 마세요.

난 그의 말에 매혹됐지. 오랜 세월 내 안에서 끓어오르던, 하지만 분출구를 찾지 못했던 감정들을 그토록 정확하게 표현해준 사람은 그가 처음이었어. 생각이 명료해졌고, 내 앞에 놓인 나의 길이 보이기 시작했어. 그 길을 여행한다는 게 더 이상 불가능해 보이지 않았지.

가끔 신부님은 자기가 좋아하는 책을 배낭 속에 넣어왔어. 쉬는 동안 또렷하고 엄숙한 목소리로 그 책의 몇 구절을 읽어주었지. 그로 인해 난 러시아 수도자들의 기도문을 알게 되었고, 복음서와 구약의 애매했던 부분들도 이해하게 됐지. 에르네스토가 죽은 이후 오래도록 내면의 여행을 해왔지만 그건 나 자신에게

얽매인 여행이었지. 어떤 지점에 이르자, 내 앞을 막아선 높은 벽이 보였어. 벽 너머에서 길들이 더 넓어지고 밝아지리라는 걸 알고 있었지만, 벽을 어떻게 넘어야 할지는 몰랐어.

어느 날 갑작스럽게 소나기를 만나, 우리는 동굴 입구에서 잠시 비를 피했어. 난 물었지.

－믿음을 얻으려면 어떻게 해야 하죠?

－아무것도 할 필요 없어요. 믿음은 그냥 당신에게 올 겁니다.

그가 대답했지.

－당신은 이미 믿음을 맞이할 준비가 되어 있어요. 하지만 자존심 때문에 인정하지 못하는 거죠. 당신은 너무 많은 질문을 던지고 단순한 걸 복잡하게 만들어요. 문제는 당신이 너무 두려워하고 있다는 거예요. 그냥 내버려두세요. 올 것은 반드시 오니까요.

산책이 끝나면 나는 전보다 더 혼란스럽고 불안해져서 집으로 돌아오곤 했지. 그분은 인정하지 않겠지만, 그의 말들은 나에게 상처를 주었어. 다시는 그를 만나지 않겠다고 몇 번이나 다짐했었지. 화요일 저녁이 되면, '내일은 오지 말라고 전화하자'고 마음먹었지만 한 번도 실행에 옮기지 못했어. 수요일 오후가 되면 배낭을 메고 등산화를 신고, 어김없이 문 앞에서 신부님을 기다렸단다.

우리의 산책은 일 년이 조금 넘게 지속되었단다. 그러던 어느 날 한마디 예고도 없이 그의 보직이 바뀌어버렸어.

내 이야기를 듣고, 넌 아마 토마스 신부가 거만한 사람이고, 그분의 말이나 세계관 속에 맹목적인 신앙 같은 게 있다고 생각하겠지. 하지만 그런 사람이 아니었단다. 내가 만나본 사람 중에 가장 조용하고 온화한 사람이었어. 하느님의 전사는 아니었지만 그의 신앙은 언제나 현실과 일상에 뿌리내리고 있었어. 그는 언제나 나에게 이렇게 말했었지.

-우린 지금, 여기에 있는 겁니다.

언젠가 문 앞 계단에서 그는 나에게 엽서 한 장을 건네주었어. 산악 목장의 사진이 담긴 엽서였지. 사진 위에는 독일어로 이런 말이 써 있었어.

하나님의 왕국은 당신 안에 있습니다.

그 뒷면에는 이런 말이 써 있었지.

떡갈나무 아래 앉아 있을 땐 떡갈나무가 되고, 풀 위에 앉아 있을 땐 풀이 되고, 인간들 사이에 있을 땐 그 인간들 중 하나가 되도록 하세요.

'하나님의 왕국은 내 안에 있다'는 말, 기억하니? 아킬라에서 불행한 신혼을 보내고 있을 때 나에게 떠오른 말이었지. 그때는 눈을 감고 내면을 들여다봐도 아무것도 보이지 않았단다. 하지만 토마스 신부를 만나고 뭔가 바뀌었어. 여전히 아무것도 볼 수 없지만, 완전히 깜깜한 것이 아니라 한 줄기 빛이 저 깊은 구석에서 반짝이고 있단다. 그리고 때때로 아주 짧게나마 나 자신을 잊을 수 있단다. 그건 매우 약하고 가는 불빛, 훅 하고 불면 금방 꺼질 듯한 희미한 불꽃이었지. 하지만 그것의 존재만으로도 나는 가벼워지는 듯했어. 환희를 느꼈던 거지. 행복하다거나 더 현명해졌다는 생각도 들지 않았어. 단지 존재 그 자체에 대한 맑은 의식이 내 안에서 자라나고 있었던 거야.

풀 위에선 풀이 되고, 떡갈나무 아래선 떡갈나무가 되고, 다른 것들 사이에선 또 그들처럼 되어라.

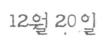

12월 20일

난 요정에게 나를 겨울잠쥐나 작은 새,
혹은 집거미로 만들어달라고 할 거야.
네 눈에 띄지 않으면서도 너와 가까이 살 수 있도록 말이야.
너의 미래가 과연 어떻게 펼쳐질지
상상조차 할 수 없다는 사실이 고통스럽단다.
널 사랑하기 때문이지.

오늘 아침, 버크를 앞세우고 다락방에 올라갔었다. 얼마나 오랫동안 문을 열어보지 않았던지 여기저기 먼지가 쌓여 있었고, 구석에는 커다란 거미집들이 쳐 있었단다. 상자들을 이리저리 옮기다가 겨울잠쥐들의 보금자리까지 발견했단다. 쥐들은 너무 곤히 잠들어 있어서 아무것도 모르더구나. 어린 시절엔 다락방이 참 재미있지만, 나이가 들어서는 그렇지 않단다. 어려서는 미스터리, 모험, 발견이었던 것들이 늙은이들에겐 고통스러운 기억일 뿐이니까.

난 몇 개의 박스를 열고 가방을 뒤져서야 크리스마스 때 쓸 말구유를 겨우 찾아냈단다. 신문지와 낡은 천에 쌓인 일라리아의 장난감과 인형들도 우연히 발견했지. 그 밑에는 아우구스토의 곤충들이 있었어. 확대경이랑 다른 도구들도 아직까지 번쩍번쩍

완벽하게 보존되어 있더구나. 그 옆의 캐러멜 통 속에는 붉은 리본으로 묶인 에르네스토의 편지 묶음이 들어 있었어. 하지만 네 물건은 하나도 없었어. 젊고 생생한 너에게는 아직 다락방이라는 공간이 어울리지 않지.

한 여행 가방 안에 들어 있던 작은 자루를 열자, 폭격당한 옛 집의 잔해에서 건져낸 내 어린 시절의 물건들이 있었어. 모두 불에 그을려 시커멓게 변해 있었지. 난 그게 유물이라도 되는 양 조심스럽게 풀어보았어. 대부분이 부엌용품들이었어. 법랑 그릇, 흰색과 파란색의 도자기 설탕통, 포크와 나이프 세트, 케이크 틀……. 거기에 표지가 떨어져 나간 책 몇 페이지도 있었어. 무슨 책일까? 기억나지 않았단다. 하지만 손에 들고 처음 몇 줄을 읽자 기억이 되살아났어. 감격스러웠지. 그냥 오래된 책이 아니라 어린 시절 내가 가장 좋아했던, 나를 꿈꾸게 했던 책이었으니까. 『21세기의 기적들』이라는 공상과학소설이었지. 줄거리는 매우 단순하지만 상상력으로 가득 차 있단다. 19세기 말, 기적 같은 진보가 실현될 것인지 궁금했던 두 명의 과학자가 2000년까지 동면에 들어가면서 이야기는 시작돼. 백 년이 지난 뒤 동료의 손자가 그들을 해동시켜서, 작은 비행선에 태우고 여행을 시켜준다는 내용이지. 이 소설에는 외계인이나 우주선 같은 것들은 등장하지 않고, 인간의 운명, 그것도 인간 스스로 만들어낸 운명에 관한 일들만 나온단다. 작가의 말에 따르면 백 년 동안 인류는 아주 많은 일들을 해내게 된다는구나. 과학 기술 덕택에 기아와 가난이 사라지고, 세계는 윤택해지며, 그 혜택이 모든 사람들에게 공평하게 돌아간다는 거야.

기계들이 인간을 고된 노동에서 해방시켜주었기 때문에 여가 시간도 많이 생기고 인간들은 모두 교양을 쌓기 위해 노력하고, 세상은 음악과 시, 철학 토론으로 넘쳐나게 된대. 이걸로도 부족해 비행선은 채 한 시간도 못 되어 이 대륙에서 다른 대륙으로 이동한단다. 두 늙은 과학자들은 매우 만족해 하지. 진보에 대한 믿음이 모두 실현된 거니까. 책장을 넘기다가 내가 정말 좋아했던 삽화를 발견했어. 다윈 같은 콧수염에 체크무늬 조끼를 입은 두 명의 과학자가 비행선 안에서 즐거워하며 아래를 내려다보고 있는 그림이야.

일말의 의심조차 다 털어버리려는 듯 과학자 중 한 명이 이렇게 묻지.

-무정부주의자들이나 혁명가들은 어떻게 됐나요? 아직 존재하나요?

-아, 그럼요.

가이드가 웃으며 대답하지.

-그들은 그들만의 도시에서 살아요. 북극의 만년설 아래 만들어진 도시죠. 다른 사람들에게 해를 끼치고 싶어도 그럴 수가 없어요.

-그럼 군대는요?

다른 과학자가 재빨리 물었어.

-왜 군인이 한 명도 안 보이죠?

-군대는 더 이상 없어요.

그제야 둘은 안도의 한숨을 내쉰단다. 마침내 인류가 선한 본성을 되찾았구나! 그렇지만 그들의 안도는 거기서 끝나지. 가이드가 진짜 이유를 말해줬기 때문이야.

-아, 그런 이유 때문이 아니에요. 인류가 파괴 욕망을 잃어버렸기 때문이지요. 그 대신 자신을 억제하는 능력을 얻었답니다.

군인들, 대포, 총검 같은 것들은 시대에 뒤떨어졌죠. 그 대신에 작지만 아주 강력한 무기가 있어요. 그것 때문에 더 이상 전쟁이 일어나지 않습니다. 높은 곳에 올라가 그걸 떨어뜨리기만 해도 온 세상이 산산조각이 나 버릴걸요?

무정부주의자, 혁명가들! 어린 시절엔 이런 말들을 끔찍이도 무서워했어. 넌 좀 이해하기 어렵겠지. 하지만 생각해봐. 러시아 혁명이 일어났을 때 난 일곱 살이었어. 어른들이 끔찍한 이야기들을 주고받는 걸 들었지. 친구는 이제 곧 코사크인들이 로마에 쳐들어와 성스런 분수에서 말들에게 물을 먹일 거라고 말해주기도 했지. 민감한 어린아이였던 나에게 이런 이미지들은 공포를 불러일으켰어. 잠이 들면 발칸반도에서 땅을 뒤흔들며 내려오는 말발굽 소리를 듣곤 했지.

내 평생에 그때와는 또 다른 공포를 다시 겪게 되리라고 상상할 수나 있었겠니? 그 책을 읽던 어린 소녀는 2000년이면 도대체 자기 나이가 몇 살이 될지 몇 번이나 계산해 보았지. 아흔 살이라. 좀 많은 것 같긴 했지만 그렇다고 그때까지 사는 게 불가능해 보이지도 않았어. 그래서 기분이 좋았지. 21세기까지 살 수 없는 사람들에게 우월감마저 느끼면서 말이야.

이제 2000년이 얼마 남지 않았구나. 난 그때까지 살아 있지 못
하겠지만 뭔가가 후회되거나 그립지는 않아. 단지 너무 지쳤을
뿐이란다. 그 책이 약속했던 수많은 기적들 가운데 단 하나만이
실현됐지. 아주 작고, 강력한 무기 말이야.

모두들 자신이 죽는 날, '내가 너무 오래 살았구나, 너무 많은
것을 보고 느꼈구나' 하고 생각할까? 난 잘 모르겠구나. 내가 살
아온 백 년에 가까운 시간을 돌아보았지. 제일 강하게 든 생각은
시간에 가속도가 붙기 시작했다는 거야.

석기시대 사람들도 그렇게 느꼈을까? 그것 역시 잘 모르겠구
나. 석기시대나 지금이나 하루는 똑같은 하루지. 계절에 따라 낮
의 길이와 밤의 길이가 달라질 뿐 천문학적으로 보자면 옛날과
지금의 차이는 아주 미미하지.

하지만 난 모든 것들이 더 빨라졌다고 느낀단다. 시간이 흐르
면서 너무 많은 일들이 벌어지고, 수많은 역사적 사건들이 우릴
공격해. 하루하루를 끝마치면서 우린 점점 더 지쳐가지. 삶이 끝

날 무렵이면 완전히 탈진해버릴 거야. 러시아 혁명과 공산주의를 생각해봐. 볼셰비키 혁명을 지켜보면서 난 잠을 이룰 수가 없었단다. 그것이 많은 나라들로 퍼져나가서 세계를 두 쪽으로 갈라놓았지. 세계는 흑과 백으로 나뉘어 끊임없이 싸웠고, 우린 모두 숨죽이고 있을 수밖에 없었어. 그런데 평상시와 다름없이 텔레비전을 켰더니, 갑자기 모든 일이 끝나버렸다고 말하는 거야. 벽과 철조망과 동상들이 무너지고 있었어. 한 세기를 장식한 위대한 유토피아가 한 달 사이에 멸종한 공룡 꼴이 되어버린 거야. 이제는 미라가 되어 전시장 한가운데 꼼짝없이 서 있게 된 거지. 사람들은 그 앞을 지나가면서 이 공룡이 얼마나 엄청나고 무시무시했는지를 떠들어 대지.

이건 공산주의뿐 아니라 다른 것들에도 해당되는 얘기란다. 수많은 것들이 내 눈앞을 지나갔지만, 지금까지 남은 건 아무것도 없어. 내가 시간이 빨라지고 있다고 한 이유를 알겠니? 석기시대 사람의 한평생은 어떤 모습이었을까? 비가 오는 계절, 눈이 오는 계절, 태양의 계절. 그리고 메뚜기들의 습격, 나쁜 이웃들과의 몇 차례 다툼. 지구에 작은 운석이 충돌해 작은 분화구를 만들어놓기도 했겠지. 자기가 사는 들판 저쪽엔 아무것도 존재하지 않았겠지. 세계가 어디서 시작되고 끝나는지도 모르고, 시간은 마냥 느리게 흘렀겠지.

중국 속담엔 이런 말이 있어.

－난세에서 한 번 헤매봐라.*

나 역시 난세를 살아왔지만 너는 아마 더더욱 힘든 시대를 살게 될 거야. 새 천 년의 시작은 단순히 천문학적인 차원을 넘어서 거대한 사건을 불러올 수도 있는 거니까.

2000년 1월 1일, 나무 위의 새들은 1999년 12월 31일과 똑같은 시간에 잠에서 깨어나, 똑같이 지저귀고, 똑같이 먹이를 찾으러 가겠지. 하지만 인간들에게는 모든 것이 달라질 거야. 종말론자들의 기대처럼 세상이 멸망하지 않는다면, 사람들은 좀 더 나은 세상을 만들기 위해 노력하고 있겠지. 과연 그렇게 될까? 그럴 수도 있고, 그렇지 않을 수도 있어. 내가 지금까지 느껴온 조짐들은 각양각색에, 때로는 모순적이기까지 하단다. 어떤 날은

• May You live in interesting times.

인간이 그저 뛰어난 원숭이에 불과해 보이지. 본능에 사로잡혀 복잡하고 위험한 기계들을 사용한다면 그게 머리 좋은 원숭이가 아니고 뭐겠니? 그런데 어떤 날에는 이제 좋지 않은 날들은 다 지나가고, 마침내 고귀한 인간 정신이 깨어나기 시작하는 것처럼 느껴지기도 해. 어느 쪽이 맞는 걸까? 글쎄. 둘 다 틀렸을 수도 있지. 어쩌면 진짜로 2000년의 1월 1일 밤, 하늘이 인간을 벌하기 위해 무시무시한 불비와 유황을 내릴지도 모르니까.

2000년이면 너는 스물넷이 되겠구나. 너는 모든 일들을 목격하겠지만, 난 그때쯤이면 저세상으로 가고 없겠지. 참을 수 없는 호기심을 무덤까지 갖고 가겠지. 새로운 시대를 맞이할 준비가 되었니? 만약 이 순간 하늘에서 요정이 내려와 너에게 세 가지 소원을 들어준다고 하면 내가 뭐라고 빌 것 같니? 난 요정에게 나를 겨울잠쥐나 작은 새, 혹은 집거미로 만들어달라고 할 거야. 네 눈에 띄지 않으면서도 너와 가까이 살 수 있도록 말이야. 너의 미래가 과연 어떻게 펼쳐질지 상상조차 할 수 없다는 사실이 고통스럽단다.

널 사랑하기 때문이지.

언젠가 너의 미래에 대해 이야기를 나누었을 때, 너는 꽤 비관적이었지. 사춘기에 흔히 그렇듯 불행이 너를 짓누르고 있었고, 넌 그게 영원히 계속 될 거라고 믿었어. 하지만 난 그 반대일 거라고 확신한단다. 도대체 왜 이런 바보 같은 확신을 갖게 됐냐고? 바로 버크 때문이야.

그 옛날 네가 펫숍에서 버크를 선택했기 때문이란다. 강아지를 고르던 사흘 동안, 네 안에서는 중요한 전투가 벌어지고 있었지. 한편으로는 겉모습이 너를 유혹했고, 다른 한편에서는 마음의 목소리가 너에게 호소했지. 그 사이에서 너는 아무런 의심도, 망설임도 없이 '마음' 쪽을 택한 거야.

내가 네 나이였더라면 부드러운 털을 가진 우아한 개를 골랐을 거야. 내가 본 중에 가장 기품 있고 좋은 향기가 나는 개 말이야. 함께 산책을 나가면 모든 사람들이 나를 부러워할 만큼 멋진 개. 불안한 성격과 자라온 환경 탓에 이미 난 멋진 겉모습의 유혹에 굴복해 있었단다.

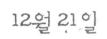

12월 21일

물론 내가 너보다 먼저 세상을 뜨겠지.
하지만 내가 여기 없다고 해도,
난 네 안에서, 네 행복한 기억 안에서 살아 있을 거야.
나무랑 채소들이랑 꽃들을 볼 때마다
우리가 함께 했던 시간들을 떠올릴 수 있을 거야.

어제 다락방을 몇 시간이나 뒤진 끝에 말구유와 케이크 틀을 가지고 내려왔단다. 크리스마스 시즌이니까 말구유는 그렇다 쳐도 케이크 틀은 왜냐고? 이건 내 할머니 거란다. 우리 가문에서 여자들만의 역사를 보여주는 유일한 물건이지. 너무 오랫동안 다락방에 처박아두어서 녹이 슬었더구나. 나는 곧장 부엌으로 가져가 개수대에서 깨끗하게 닦아보려 애썼지. 이게 만들어지고 나서 얼마나 많이 오븐을 들락날락거렸을까? 얼마나 많은 손들이 여기에 반죽을 채워 넣었을까? 내가 다락방에서 가지고 내려오면서 케이크 틀은 새롭게 살아난 거야. 너도 이걸 쓸 수 있고, 때가 되면 네 딸에게 물려줄 수도 있겠지. 하찮은 물건에 불과하지만 이로 인해 우리 가문의 여자들이, 그들의 역사가 이어질 수 있는 거지.

여행 가방 밑바닥에서 이걸 발견했을 때, 우리가 함께 행복했던 마지막 시간들이 떠올랐단다. 언제였더라. 한 일 년 전쯤이었나? 막 오후가 됐을 무렵, 넌 노크도 없이 내 방에 들어왔지. 난 가슴에 손을 모으고 침대에서 쉬고 있었어. 네가 갑자기 울음을 터뜨려서 잠이 확 달아났지.

-무슨 일이니? 무슨 일이야?

-할머니가 죽을까 봐 무서워요.

너는 더 크게 울면서 말했지.

-이런, 세상에.

난 웃으면서 말했지.

-그런 일이 너무 빨리 일어나지 않도록 같이 기도하자꾸나.

그리곤 덧붙였지.

-나는 할 줄 알지만 너는 모르는 일들을 가르쳐주마. 그러면 내가 세상을 뜨고 없을 때 네가 그 일을 할 수도 있고, 그러면서 나를 기억할 수도 있겠지?

내가 일어나자 너는 날 꼭 끌어안아 주었지. 난 솟아오르는 감정을 억누르면서 말했어.

-자, 뭘 가르쳐주면 좋을까?

넌 눈물을 닦으며 한참 동안 생각하더구나.

-케이크 만드는 거요.

우린 같이 부엌으로 가서 긴 전투를 시작했지. 넌 절대 앞치마를 두르기 싫다고 했어.

-앞치마를 입으면 헤어클립도 말고, 슬리퍼도 신어야 할 것 같아요. 끔찍해요.

넌 달걀흰자 거품을 만들면서 손목이 아프다고 징징거렸고 버터와 달걀노른자가 잘 섞이지 않는다고, 오븐이 뜨거워지지 않았다고 성질을 냈어. 난 초콜릿을 저었던 나무 숟가락을 빨아먹다가 코에 초콜릿을 묻히고 말았어. 넌 그런 나를 보며 웃음을 터뜨렸지.

-할머니, 창피하지도 않아요? 꼭 강아지 같아요.

간단한 케이크 하나를 만드는 데 오후를 다 보냈지. 부엌은 그야말로 처참한 상태였고, 우린 즐겁고 행복한 공범자들이었지. 마침내 케이크를 오븐에 넣고 구워지는 걸 지켜보고 있었던 넌 다시 울기 시작했어. 우리가 왜 케이크를 굽기 시작했는지를 기억해냈던 거야. 오븐 옆에 서서 난 너를 달래주었지.

  -울지 마라. 물론 내가 너보다 먼저 세상을 뜨겠지. 하지만 내가 여기 없다고 해도, 난 네 안에서, 네 행복한 기억 안에서 살아 있을 거야. 나무랑 채소들이랑 꽃들을 볼 때마다 우리가 함께 했던 시간들을 떠올릴 수 있을 거야. 내 안락의자에 앉을 때도 그렇겠지. 그리고 오늘 가르쳐준 대로 네가 케이크를 만들 때면, 난 저기 네 앞에서 코에 초콜릿을 묻히고 서 있을 거란다.

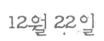

12월 22일

네 앞에 수많은 길들이 열려 있을 때,
그리고 어떤 길을 택해야 할지 모를 때,
그냥 아무길이나 들어서진 마.
내가 세상에 나오던 날 그랬듯이, 자신 있는 깊은 숨을 내쉬어 봐.
어떤 것에도 현혹당하지 말고,
조금만 더 기다리고 기다려 보렴.
네 마음이 하는 말에 가만히 귀를 기울여 봐.
그러다 네 마음이 말을 할 때, 그때 일어나서 마음 가는 대로 가거라.

오늘은 아침을 먹고 거실로 가서 말구유를 꾸미기 시작했단다. 먼저 바닥에 녹색 종이를 깔고, 마른 이끼 몇 덩어리, 야자나무, 성 요셉과 마리아가 있는 오두막, 황소, 당나귀를 넣었어. 그 주위엔 양치기와 거위 치는 소녀들, 연주가들, 어부들, 돼지, 닭, 양, 염소들을 늘어놓았지. 그 위에 푸른 색종이로 하늘을 만들어 테이프로 붙였어. 베들레헴의 별은 잠옷의 오른쪽 주머니에, 동방박사들은 왼쪽에 넣었지. 그리고 방 건너편 찬장 위에 별을 걸고, 그 밑에 낙타를 탄 동방박사들을 일렬로 세웠어.

　기억나니? 넌 어렸을 때, 동방박사와 별이 처음부터 말구유 가까이에 있는 걸 못 참아 했지. 처음에는 멀리 있다가 점점 가까워져야 하고 별은 조금 더 앞서 있고, 동방박사들은 그 뒤를 따라야 했지. 또 아기 예수가 태어나기도 전에 말구유에 들어가 있어선 안 됐어. 12월 24일 자정이 지나서야 아기 예수를 마구간 안으로 살짝 밀어 넣곤 했지.

녹색 바닥 위에 양들을 늘어놓다가 네가 좋아했던 게임을 떠올렸단다. 네가 발명해낸 놀이였는데, 해도 해도 싫증내지 않았지. 아마 넌 부활절에서 그 아이디어를 얻었을 거야. 부활절이 되면 난 너를 위해 정원에 알록달록한 달걀들을 숨겨놓곤 했으니까. 크리스마스인 만큼 넌 달걀 대신 양들을 이용했지. 내가 보지 않을 때, 넌 아무도 찾지 못할 것 같은 곳에 양들을 숨겨놓았어. 그러고는 내게 와서 다급하게 소리쳤지. 그러면 놀이가 시작되는 거야. 나는 하던 일을 멈추고, 집 안 여기저기를 돌아다니며 외쳤지.

-길 잃은 어린양들아, 어디 있니? 너를 찾을 수 있도록 도와줘. 너를 보살펴줄게.

넌 웃으면서 내내 나를 뒤쫓아 다녔지.

그런데 내 어린양아, 너야말로 지금 어디에 있니? 내가 이 편지를 쓰고 있는 지금, 너는 코요테와 선인장으로 가득한 저 멀리 있겠지. 네가 이 편지를 읽는다면 아마 여기에 돌아와 있다는 뜻이겠지. 내 물건들은 이미 다락방으로 옮겨져 있을 테고.

내 이야기를 듣고 너의 마음이 좀 편안해졌을까? 아니면 내 이야기가 널 더 화나게 만들었지도 모르겠다. 떠나기 전보다 나에 대한 감정이 더 나빠졌을지도 모르고. 어쩌면 나이가 더 들고 네 고집을 공감으로 바꿔줄 신비로운 여정을 겪고 난 후에야 나를 이해할지도 모르지.

'공감'이라고 해서 날 측은하게 여기라는 뜻은 아니야. 네가 날 측은하게 생각한다면, 난 다시 돌아와 사악한 귀신처럼 너에게 나쁜 장난을 칠지도 몰라. 네가 진실로 겸손하지 않을 때에도, 침묵하지 않고 아무 생각 없이 말할 때도 난 그렇게 할 거란다.

전구가 터지고, 접시들이 날아다니고, 속옷들이 전등갓에 감겨 있게 될 거야. 새벽부터 한밤중까지 한순간도 쉬지 못하게 널 괴롭힐 거야.

사실 이건 다 거짓말이란다. 난 아무 일도 하지 않을 거거든. 내가 이 근처 어디에 남아 있으면, 어떻게든 너를 보게 된다면 곧바로 슬퍼질 테니까. 내팽개쳐진 삶, 사랑을 미처 완성시키지 못한 삶을 볼 때처럼 말이다.

너 스스로를 잘 돌봐야 한다. 어른이 되어가면서 종종 잘못된 것을 바로잡고 싶어질 때마다 이걸 꼭 기억해. 가장 먼저, 그리고 가장 중요하게 바꾸어야 할 것은 언제나 네 안에 있다는 것을. 자신에 대한 생각 없이 뭔가를 바로잡고자 하는 것만큼 위험한 일은 없단다.

길을 잃었다는 생각이 들 때, 혼란스러울 때마다 나무들이 어떻게 자라는지를 생각해보렴. 뿌리가 빈약하고 가지만 많은 나무는 바람에 쉽게 뽑히지. 반면에 뿌리는 풍성한데 가지가 너무 적은 나무는 수액이 제대로 흐르기 힘들단다. 뿌리와 가지는 비슷하게 자라야 해.

넌 세상 모든 것들의 안에도 있어 보고, 바깥에도 있어 봐야 해. 그래야 그늘과 휴식처를 제공할 수 있고, 너 자신도 적당한 계절에 무성한 잎들, 풍성한 열매를 얻을 수 있을 테니까.

네 앞에 수많은 길들이 열려 있을 때, 그리고 어떤 길을 택해야 할지 모를 때, 그냥 아무 길이나 들어서진 마. 내가 세상에 나오던 날 그랬듯이, 자신 있는 깊은 숨을 내쉬어 봐. 어떤 것에도 현혹당하지 말고, 조금만 더 기다리고 기다려 보렴.

네 마음이 하는 말에 가만히 귀를 기울여 봐. 그러다 네 마음이 말을 할 때, 그때 일어나서 마음 가는 대로 가거라.